어딘가에는
미법의
청원이 있다.

글 · 장성해

어떤 가*에는

마법의
청원이 있다.

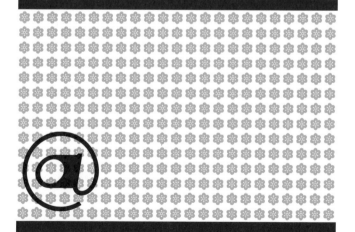

열매
하나

차례

꽃의 요정 메리벨

◎

나는 똑같은 일을 반복하느니 어려운 일에 도전하는 걸 좋아
한다. 한 번 본 영화를 또 보는 일은 거의 없고, 한 번 읽은 책
을 다시 펼칠 때는 필요한 부분이 있어서다. 어린 시절에도
마찬가지여서 아무리 좋아하는 만화 영화라도 한 번 봤던 에
피소드가 나오면 과감히 채널을 돌려버리곤 했다. 두 번 세
번 보아도 좋다는 친구들을 이해하기 어려웠다.

그렇지만 초등학교 입학 전에 선물로 받았던 〈꽃의 요정
메리벨〉이라는 애니메이션은 몇 번이고 반복 시청했다. 아쉽
게도 TV에서 방영하던 건 보지 못했지만 비디오로 두세 편
의 에피소드를 몰아서 볼 수 있었다. 〈세일러 문〉, 〈천사소녀
네티〉, 〈카드캡터 체리〉 등 당시 흔했던 마법 소녀물 중 하나
였을 뿐인데 무엇이 그렇게 내 맘에 들었던 걸까.

내용은 단순하다. 매회 꽃의 요정인 메리벨이 꽃 마법으로
어려움에 처한 아이들과 이웃들을 돕는다. 꽃이 활짝 펼쳐진

모양의 탬버린을 두드리면 메리벨이 변신을 하고, 꽃봉오리가 달린 줄기 모양의 마법봉을 휘두르면 봉오리가 열리면서 마법을 통해 온갖 문제를 해결한다.

만화 속에서는 우리들이 계절마다 꽃을 볼 수 있는 이유가 장미 요정, 튤립 요정 등 꽃 속에 사는 다양한 꽃 요정들이 열심히 노래를 불러주기 때문이라고 설명한다. 우리가 평소에 그 모습을 보지 못하는 건, 요정들은 수줍음이 많아서 인간이 다가오면 숨어버리기 때문이다. 나는 메리벨이 꽃의 요정들과 대화를 할 수 있다는 점이 정말 부러웠다.

세상의 엄청난 비밀을 혼자만 알고 있다니! 그래서 한동안 요정들을 만나기 위해 살금살금 나뭇잎 사이를 뒤져봤지만 역시 만나진 못했다.

지금까지도 생각나는 에피소드는 '요정들의 벚꽃 축제' 편이다. 벚나무에 사는 요정들이 올해도 열심히 벚꽃을 피우기 위해서 동그랗게 손을 잡고 춤추며 피리를 불었는데, 하필 그때 나무에 벼락이 쳐서 벼락으로 생긴 구멍으로 피리가 그만 똑 떨어져 버렸다. 평소처럼 벚꽃이 피지 않자 축제를 준비하던 마을 사람들의 얼굴에는 근심이 가득했다. 벚꽃 요정의 안타까운 사연에 메리벨과 친구들이 나섰다. 그들은 위험을 무릅쓰고 꽃마차를 타고서 블랙홀처럼 생긴 구멍에 들어가 피리를 찾아왔다. 덕분에 요정들은 무사히 벚꽃을 피울 수 있었다. 마을 축제가 성대하게 열리고 모든 사람이 행복해진 것은 말할 필요도 없다.

저거구나! 나는 모든 사람을 행복하게 만드는 메리벨의 꽃 마법이 정말 탐이 났다. 메리벨처럼 되고 싶어서 꽃무늬가 들어간 옷을 자주 입었다. 해바라기 무늬가 그려진 원피스, 꽃 비즈가 달린 샤스커트도 있었다. 가장 좋아했던 옷은 튤립 꽃봉오리를 뒤집은 모양의 치마였다. 꽃을 닮은 원피스를 입으면 마치 요정이 된 기분이었다. 아쉽게도 원피스만으로 메리벨이 될 순 없었지만, 내가 예쁜 옷을 입고 밝게 웃으면 어쩐지 어른들이 좋아하셨다. 이게 바로 사람들을 행복하게 만드는 '꽃의 힘'인가?

가장 처음 꽃의 힘을 분명하게 느꼈던 건 초등학교 수업 시간에 내가 직접 만든 종이 카네이션을 부모님께 선물했을 때다. "우리 딸은 엄마를 닮아서 만들기를 잘하나봐~" 하며 활짝 웃으시던 모습이 선명하다. 그때의 칭찬 덕분에 뭐든 만들기를 좋아하는 아이로 성장했다.

또 하나 생각나는 건 고등학교 때 일이다. 그즈음 나는 대체로 마음이 어두웠다. 대학이라는 문을 통과하기 위해 잠도 잘 못 자고, 시키는 대로 공부만 해야 하는 반복적인 삶에 항상 지쳐 있었기 때문이다. 그날도 학원이 끝난 뒤 지친 채로 버스를 타고 기숙사로 가려는데 눈앞에 꽃집이 보였다. 나는 무언가에 홀린 듯 버스에서 내려 화분 하나를 샀다.

작은 화분을 기숙사 방에서 가장 햇볕이 잘 드는 창가에 올려두었다. 그리고 어느 날 야간 자율학습을 마치고 방문을 열었는데, 침대보다 먼저 방 안을 가득 채운 달달한 꽃향기가 나를 맞이했다. 어둡던 마음이 꽃향기로 인해 환해졌다. 좁은 방 한 구석에서 열심히 하얀 꽃을 피운 오렌지 재스민이 학교와 학원 그리고 기숙사를 오가며 지쳐버린 나에게 무언가 말을 건넸다. 이후에도 마음이 어지러울 때마다 재스민 향을 맡거나 그 순간을 떠올리며 힘을 얻었다.

그러고 보면 우리는 누군가를 축하하거나 위로할 때 꽃을 선물하곤 한다. 꽃 선물은 받는 사람의 얼굴에 웃음꽃을 피게 한다. 이것은 꽃의 힘, 꽃의 마법이다. 나는 늘 이런 꽃의 힘을 더 많이 알고 싶었다. 그래서 어른이 된 지금도 종종 〈꽃의 요정 메리벨〉 주제가를 떠올리곤 한다. 예로부터 사람들은 비밀이나 비법, 은밀하게 전수해야 할 것들을 노래로 남기니까 말이다.

어쩌면 메리벨의 주제가 속에 요정들이 은밀하게 메시지를 숨겨놨을지도 모른다. 어린 시절 스스로 요정이라도 된 양 식물들이 꽃 피우는 걸 돕겠다고 엄마의 화단에서 줄기차게 불렀던 노래라 가사를 전혀 까먹지 않았다.

아침에 일찍 일어나서
새들의 지저귀는 소리 들으며
너무나 멋있는 그 노랫소리
즐거워 꽃이 웃고 있네
즐거워 신바람이 나네

새들은 모두 알아요
바다도 바람도 모두 다 알아요
할 수 있다는 걸 모두 알아요
할 수 있다는 걸 모두 다 알아요

빛나는 눈동자 잊지 말아줘
우리들의 친구 메리벨과 삐삐
우리 모두가 친구야
메리벨과 삐삐

어렸을 때나 지금이나 아침에 일찍 일어나는 건 잘 못하지만, 귀를 열고 새들의 지저귀는 소리를 들으려 노력한다. 노랫말처럼 새들이 아는 것, 바다도 바람도 모두 다 아는 걸 사람만 잘 모르는 것 같다. 그 비밀을 알게 될 때 새, 바다, 바람 그리고 사람까지 모두를 행복하게 하는 꽃의 요정이 될 수 있을까. 모두가 친구인 세상은 대체 어떤 세상일까. 나는 이 노래가 '언젠가는 너도 알 수 있을 거야'라는 응원가라고 생각한다. 그래서 여전히 꽃의 요정이 되는 걸 포기하지 않는다.

꽃의 힘을 사랑하고 실천하기 위해 나는 내가 사는 작은 동네에 마을정원을 만들며 살아간다. 혹시 몰라 꽃무늬 원피스와 꽃 보양 장신구도 많이 모아뒀다. 마을 사람들이 가꾸는 정원에서 마법 같은 꽃의 힘이 번져나가길, 이 책을 읽는 사람들에게도 그런 마법이 전해지길 꿈꿔본다.

문화기획자을 *아시나요

죽도봉에서 순천만 방향으로 바라본 순천 시내

학교에서 배우지 못한 미래

◎

고등학교 1학년 어느 날 학교를 자퇴하겠다고 엄마에게 떼를 썼다. 당시에는 좋은 대학을 간다고 해도 좋은 삶을 살 수 있을 것 같지 않았다. 내가 바라는 좋은 삶이란 많은 사람을 행복하게 하는 삶이었다. 그런데 고등학교는 학생들이 끊임없는 경쟁 속에서 서로를 미워하는 마음을 키우는 곳인 것 같았다. 미움이 가득한 공간에서 좋은 삶을 살 방법을 배울 수 있을까.

"자퇴를 선택한 이후의 삶을 상상하고 감당할 수 있겠어?" 딸을 너무 잘 아는 엄마는 이런 물음으로 정곡을 찔렀다. 그때까지의 나는 주어진 선택지 이외 다른 선택지를 그릴 수 없었다. 다른 사람이 가보지 않은 길을 가는 건 결심만으로는 곤란한 선택이었고, 나는 내 삶에 그런 마법을 부릴 준비가 되어 있지 않았다. 결국 현실에 대한 순응과 불만을 오가며 들쭉날쭉한 성적표로 고등학교를 졸업했다.

그런데 의외로 대학 생활은 재밌었다. '건축'이라는 전공은 건물을 짓기 위해 사람, 환경, 기술, 사회를 모두 고려해야 하는 복합 학문으로 다양한 것에 호기심이 많은 나의 성향과 잘 맞았다. 시간과 자본이 막대하게 투여되는 건물은 한번 지어지면 여러 사람들에게 영향을 끼치기 때문에 사회에 이로운 건물을 설계하는 건축가가 된다면 매우 근사할 것 같았다.

하지만 학문의 세계와 현실은 달랐다. 건축은 돈이 많이 들기 때문에 돈의 힘에 휘둘리기 일쑤였다. 개인의 자산 가치를 높이는 일보다 사회에 이바지하는 건물을 짓고 싶다는 건축주는 드물었다. 공공 건축물조차도 시민을 위한 고려보다 권위나 권력에 휘둘리는 경우가 많아 보였다.

전공과 적성이 맞지 않음에도 돈과 시간이 여유롭지 못해 이러지도 저러지도 못하는 친구의 어두운 낯빛, 4학년 선배가 취업 실패로 엉엉 우는 모습, 졸업하고 설계 사무소에 취직해봤자 박봉에 야근이 일상이라는 선배들의 한탄을 보면서 미래에 대한 불안은 더욱 커져만 갔다.

주위를 둘러보니 또래 친구들의 삶도 나와 다를 바 없었다. 학자금 대출에 쫓겨 거지꼴을 면치 못할 것 같아 죽기 살기로 노력해 취직을 하면, 이러다 과로사 할 것 같은 직장 생활이 시작된다. 과로사 하기 싫어서 퇴사를 하면 다시 굶어

죽을 것만 같은 생활의 반복. 거지와 노예를 오가는 삶의 굴레. 우리는 뫼비우스의 띠로 이어진 가난한 청년들이었다.

자퇴를 선택한 이후의 삶을 상상하기 어려워서 대학을 갔는데, 대학을 졸업한 이후의 삶을 상상하면 암흑이었다. 이대로 내 미래를 암흑으로 빠뜨릴 수는 없었다. 답답한 마음을 짓누르며 마냥 주어진 길을 따라가는 것이 아닌, 다른 길을 찾아보고 싶었다.

하나 확실한 건 내가 원하는 좋은 삶을 살기 위해서는 누군가에게 의지하지 않고 내가 가진 두 발로 스스로의 삶을 지탱할 수 있어야 한다는 것이었다. 부모님과 선배, 학교와 사회가 들려주는 세상 속에서 나는 할 수 있는 일이 많지 않았다. 그때 내가 타인에게 가장 의지하던 것은 돈이었기에, 잠시라도 그 조건을 벗어나고자 휴학을 하고 돈을 벌기로 결심했다.

휴학하는 동안 부모님이 사시는 순천에 머물기로 했다. 계속 학교를 다니길 바라는 부모님의 뜻을 어기고 내 마음대로 살아보려 했기 때문에 부모님 집에서 지내는 대신 월세와 생활비를 계산해서 후불 지급하기로 협의했다. 독립적인 존재가 되었다는 기쁨과 함께 온전히 내 힘으로 자립해야 한다는 두려움이 교차했다.

문화기획이란 마법의 주문

◎

지역 대학교 홈페이지를 통해 회의 내용을 기록하는 아르바이트를 찾았다. 회의에서 특히 자주 언급되던 단어는 '문화기획'이었다. 이 낯선 단어를 검색해보니 사전에는 '문화기획'이 아닌 '문화'와 '기획' 두 단어에 대한 각각의 뜻만 나와 있었다. 문화란 인간의 공동 사회가 이룩하여 그 구성원이 함께 누리는, 가치 있는 삶의 양식 및 표현 체계이며 자연 상태와 대립되는 것. 또한 자연 상태를 극복한 것이라고 했다. 그러니까 언어, 예술, 종교, 지식, 도덕, 풍습, 제도 등 인간이 만들어낸 모든 것들이 문화의 구체적인 예라고 이해되었다. 이렇듯 문화만으로도 굉장히 커다란 개념인데 여기에 또 기획이라는 말이 붙었다. 기획이란 '일을 꾀하여 계획함'이다.

나는 문화기획을 '인간이 만들어낸 문화를 도구로 사용하여 사회를 계획하는 일' 정도로 이해했다. 세상에, 내 삶을 계획하는 것도 벅찬데 사회를 계획한다고? 의문이 들었지만 동시에 흥미도 생겼다. 이 회사에서 사회를 계획하는 과정을 관찰하다보면 내 삶을 계획하는 방법에 대해서도 실마리를 얻을 수 있지 않을까? 열심히 일하는 모습을 잘 보셨는지 회사 대표님이 일을 더 해볼 생각이 없느냐고 제안해주셨다. 돈도 벌고 세상과 나에 대해 더 알아보고 싶다는 단순한 호기심으로 덥석 물었던 아르바이트가 3년이나 이어질 줄 그때는 몰랐다.

내가 일하던 회사는 문화체육관광부에서 주최하는 '문화를 통한 전통시장 활성화 사업(줄여서 문전성시 사업)'의 주관 기업이었다. 사업명에서 알 수 있듯 문화를 통해 전통시장이 예전처럼 문전성시를 이루도록 하는 게 목적이었다.

카드 결제가 가능하고, 주차가 쉬우며, 식료품부터 가전까지 한곳에서 다양한 제품을 구매할 수 있는 편리한 대형마트. 소비자들에게 그 모든 편리함을 포기한 채 전통시장을 이용하자는 말은 얼마나 설득력이 있을까. 이미 대다수 시민들의 생활에서 멀어진 전통시장을 어떻게 다시 사람들과 연결시킬 수 있을까?

문화기획을 하는 이곳에서 주목한 것은 전통시장에만 있는 고유한 문화였다. 오랫동안 이어져온 시장에는 각각의 시장마다 역사, 예술, 풍습, 심지어 언어에 이르기까지 다양하고 독특한 문화가 있다. 전통시장에서 일어나는 각설이의 신나는 공연과 엿장수의 리드미컬한 가위 놀림도 문화의 일부였다.

가격이 정확하게 표시된 대형마트와는 다른 '흥정'과 '덤'이라는 풍습도 있었다. 흥정은 시장 상인이나 물건을 직접 판매하는 생산자들에게 소비자인 내가 의견을 내놓을 수 있도록 하고, 상인의 속사정을 들을 수 있는 기회도 만들어준다. 이를테면 '이 대파는 전에 구입한 것보다 별로다'라든가 '요즘 날씨 때문에 작황이 별로지만 나름대로 좋은 걸 가져오느라 힘들었다'라는 식의 구체적인 소통이 오간다. 또한 어머니가 좋아하는 물건이라, 키우던 개가 새끼를 낳아서, 오랜만에 보니 반가워서 등등 각양각색의 이유로 덤이 주어지기도 한다. 하지만 전통시장 특유의 이런 문화를 어려워하거나 불편하다 여기는 사람들도 많다. 경험이 적어지면 자연스레 전통시장에서 더 멀어질 수밖에 없다. 이를 해결할 징검다리가 필요했다.

사업 대상지인 순천 웃장은 돼지국밥집이 많은 시장이다. 나는 국밥 가게 상인 분들을 인터뷰하면서 '토렴'이라는 단어를 처음 들었다. 토렴은 밥에 뜨거운 국물을 부었다 따랐다 하면서 밥을 데우는 행위를 뜻하는 순우리말이다. 토렴이라는 단어의 뜻을 이해하고 나서야 상인 분들이 "얼른 끓여줄게~"가 아니라 "얼른 말아줄게~" 하는 것이 이해됐다.

토렴은 밥을 데우기도 하지만 국물을 식히기도 해서 손님이 국밥을 받으면 후루룩 먹기 딱 알맞은 온도가 된다. 배고파서 급하게 먹다 입천장 데지 말라는 마음으로 번거로운 토렴을 고수한다는 상인 분의 이야기를 듣고 나니 왠지 국밥 한 그릇이 먹고 싶어졌다. 이대로 전통시장이 없어지면 토렴한

국밥도 사라진다는 생각에 서글퍼지기까지 했다. 상인들의 이야기를 접할수록 나와는 상관없다고 여겼던 전통시장이 의미 있는 장소로 바뀌었다. 어렴풋하게나마 이런 변화를 이끌어내는 것이 내가 하고 싶은 일이 아닐까 싶었다.

우리는 9월 8일을 웃장의 국밥데이로 브랜딩하고 시장으로 사람들을 초대했다. 국밥을 먹는 일이 사실은 마음에 '정'을 채우는 일이라는 걸 알리기 위한 자리였다. 쌀 농가와 한돈 농가까지 살리는 일이라는 것도 덤으로 홍보했다. 눈에 보이지 않는 정이나 마음을 보여주기 위해 시장 사람들의 에피소드가 담긴 신문을 만들고 영상도 제작했다.

행사 당일에는 그동안 눈으로만 구경하던 각설이의 퍼포먼스와 엿장수의 가위 놀림을 체험 프로그램으로 만들어 사람들이 직접 경험할 수 있도록 기획했다. 오래된 시장의 분위기를 전달하기 위해, 시장에서 계량할 때 쓰는 도구인 '되'를 조명이나 액자 등으로 재탄생시켜 선보이기도 했다.

대형마트와 비교하면 전통시장에는 불편한 것들이 많다. 하지만 우리는 기꺼이 불편을 감수하고 다른 즐거움을 얻고자 하는 사람들을 한 명이라도 더 늘릴 수 있는 방법을 찾았다. 타인의 변화를 이끌어내는 것만큼 어려운 일이 또 있을까. 열심히 준비하면서도 반신반의했던 걱정이 무색하게 행사 날 골목 곳곳이 많은 사람들로 꽉 찼다. 손님들이 가득하

고 자연스레 매출도 오르니 시장 상인 분들의 얼굴에도 웃음
꽃이 피었다. 썰렁하던 전통시장이 활기로 가득 찼다. 정말
마법 같은 일이었다. 이 마법의 핵심은 보이지 않는 '가치'를
사람들에게 드러내고 경험할 수 있도록 하는 것이었다.

눈에는 보이지 않지만

◎

그 이후로 10년 동안 나는 문화기획자로 살고 있다. 잠시 쉬
려던 대학 휴학도 무기한 연장했다. 공연 예술, 지역 축제, 주
민자치, 사회적 경제, 청소년 지원, 청년 단체, 평생 학습, 생
태 체험 등 다양하고 생소한 분야에서 문화기획을 적용하는
실무자로 살아간다. 평범하게 대학을 다닐 때와는 다르게 시
간표가 없는 들쭉날쭉한 나날이지만 내 인생 전체의 계획은
조금씩 분명해졌고, 무엇보다 즐겁다.

　10년이 지났지만 여전히 문화기획을 정의하거나 설명하
는 일은 어렵다. 문화기획을 직업으로 삼았다는 걸 설명하는
건 더 어렵다. 건축사, 의사, 변호사, 교사 등과 다르게 문화
기획자는 자격증이나 면허로 증명되지 않는 일이다. 한국
표준직업분류표에도 '문화기획자'라는 직업은 없다. 2018
년 유튜브와 같은 동영상 플랫폼에서 활동하는 크리에이

터들이 '미디어 콘텐츠 창작자'라는 항목으로 등재된 것과 많이 대조된다.

정의하기 어렵다는 말은 돈으로 환산하기 어렵다는 말이기도 하다. 어쩌면 그런 탓에 직업으로서 인정받지 못하는 것도 같다. 토렴이라는 문화 속에 담긴 보이지 않는 가치를 드러내고 가치에 공감하는 사람의 행동 변화를 끌어내는 일, 그로 인해 국밥을 먹는 사람도 파는 사람도 행복해지는 일에 대해 무엇을 기준으로 환산할 수 있을까. 돈으로 환산되기 어려운 직업. 그래서 가끔은 힘들지만 또 그래서 중요하다고 생각한다.

마을정원을 만드는 일도 문화기획과 닮았다. 돈을 기준으로 평가하기 어렵지만 사람들과 세상을 이롭게 하는 중요한 일이기에 보람을 느낀다. 요즘 나는 스스로를 '생태문화기획자' 또는 '정원문화기획자'라고 말한다. 다양한 분야에 접목된 문화기획을 경험하다보니 내가 가장 실천하고 알리고 싶은 가치가 '생태'라는 걸 깨달았기 때문이다. 정원*을 만든다고 하면 흔히 떠올리는 조경기사나 산

---

* '정원'이 오래 전부터 주거지의 일부로서 먹을거리 생산과 더불어 당대의 생활문화가 반영되는 사적 공간이었다면, '공원'은 근대 도시가 형성되면서 개인 주거지에 부족한 자연 환경을 제공하기 위해 국가나 지자체가 조성한 공공정원이라고 할 수 있다. 현재 정원은 자연 공원이나 문화재, 도시 공원을 제

림기사 같은 자격증은 없지만, 전통시장에서 그랬던 것처럼 눈에 보이지 않는 신비한 힘을 마을정원에서 펼치고자 노력하는 중이다.

외한 곳으로 조성 이후에도 식물과 조형물의 지속적인 전시, 배치 등의 관리가 가능한 공간을 말한다.

흑두루미와 춤을

순천만에서 월동하는 천연기념물 228호 흑두루미

다양한 동식물이 서식하는 순천만 갈대밭

하늘 뜻을 헤아리는 사람들

◎

전통시장을 활성화하는 문전성시 사업이 일단락되고 우리 회사는 이듬해 있을 2013 순천만국제정원박람회를 준비하기 시작했다. 회사 대표님은 순천을 이해해야 정원박람회의 진짜 의미를 이해할 수 있다고 하셨는데, 사실 난 그때까지 순천도, 정원박람회의 진짜 의미도 별로 궁금하지 않았다. 살고 있는 지역을 이해하는 일이 나의 삶을 살아가는 데 필요하다고 생각하지 않았기 때문이다. 그러나 '알면 사랑하게 된다'는 생태학자 최재천 교수님의 말은 진짜였다. 대표님을 따라다니며 순천에 대해 하나씩 알아갈수록, 순천을 더 깊이 이해하고 싶은 마음과 애정도 커졌다. 지역에 대한 애정이 커질수록 지역을 떠나고 싶지 않게 된 것은 덤이었다.

우리는 흔히 지역성을 두루뭉술하고 실체가 불분명한 개념으로 여긴다. 하지만 실상 그 속에는 지역 사람들이 살면서 구체적으로 축적한 것들이 반영되어 있다. 순천에는 오랜 시민운동의 역사와 순천만을 아끼고 존중한 지역 사람들의 마음이 살아 있다.

순천이라는 지명은 '도리를 따르다, 거스르지 아니하다'라는 뜻의 순할 순順과 하늘 천天이 합쳐진 단어다. 인류의 문명부터 마을과 도시는 하천을 중심으로 형성되었기 때문에 지명에 '천'이 들어가는 경우 거의 다 강물을 뜻하는 내 천川자가 쓰이는데, 특이하게도 순천은 하늘 천자를 쓴다. 풀이하면 '하늘의 뜻을 따르다'라고 할 수 있다.

순천 사람들이 '하늘 뜻을 따르는' 방식은 순천만 보전 운동에 잘 담겨 있다. 그 시작은 1992년 순천을 크게 가로질러 바다로 나가는 동천의 하류 정비 사업으로 거슬러 오른다. 사업을 맡은 건설사와 당국은 동천 하류에서 골재를 채취하려고 했다. 사실 당시만 해도 그곳은 자질구레한 폐기물이 군데군데 쌓여 있고 갈대만 무성한 거의 버려진 땅으로 보였기 때문이다.

하지만 순천 시민들은 순천만의 중요성을 모르지 않았다. 골재 채취를 위한 작업이 시작되자 반대 운동이 일어났다. 동천 하류는 강이 바다로 나가는, 밀물과 썰물이 마주하는 공간이다. 바닷물이 들어왔다 빠지는 것을 반복하면서 퇴적물이 쌓여 갯벌이 형성된 곳이고, 내륙과 해양이라는 두 개의 다른 환경이 부딪히면서 풍부한 영양소를 축적하여 생명의 에너지가 폭발하는 곳이었다. 그 덕분에 순천만은 갈대, 칠면초, 짱뚱어 등 다양한 동식물의 서식지이기도 하다.

바다 해海라는 한자에는 어미 모母가 들어 있을 정도로 옛사람들은 바다를 어머니같이 섬겼다. 그래서 어떤 이들은 갯벌은 어머니의 탯줄과도 같다고 표현한다. 그런 중요한 생태적 가치를 지닌 공간에서 골재, 즉 모래를 채취한다고 하니 시민들 안에 있던 경보음이 울린 것이다.

'동천 하류 생태계 토론회', '갯벌 등 습지 보존 세미나' 등 시민 주도의 행사들이 일어나고 시위도 벌어졌다. 결국 1996년 순천만 종합 생태 조사가 실시되면서 시민들의 주장대로 순천만습지에는 멸종 희귀종 조류가 다수 관찰되었고 연안 습지*로서의 가치가 높다는 사실도 확인되었다.

1997년, 순천 시민들은 더 많은 사람들이 순천만의 가치에 공감하길 바라며 제1회 순천만 갈대제를 기획한다. 갈대제는 당시 예민했던 환경 이슈를 시위가 아닌 축제의 장으로 풀어낸 사례다. 지역 문제를 일상의 즐거움으로, 자신들의 삶과 연결되는 문화로 승화시킨 점이 놀라웠다. 이런 노력 끝에 1998년 순천만 골재 채취 허가는 취소되었고, 순천 시민의

---

* 강이나 호수, 바다 주변에 형성된 습지. 유속이 빠르지 않고 경사가 완만한 곳에 모래 진흙이 쌓여 발달한다. 갯벌, 바위해안, 모래해안 등이 연안 습지이다.

자부심이 된 갈대제 축제는 현재까지 이어지는 중이다.

나아가 2003년에는 순천만 갯벌이 습지보호지역으로 지정되었고 2006년에는 국내 연안 습지 최초로 람사르 습지*에도 등록되었다. 순천 사람들의 노력이 계속되면서 2018년에는 순천시 전역이 유네스코 생물권 보전 지역으로 지정되었고, 2021년에는 전남 보성·순천의 갯벌이 충남 서천, 전북 고창, 전남 신안의 갯벌과 함께 '한국의 갯벌'로 유네스코 세계자연유산에 등재되었다.

순천시가 대한민국에서 최초로 국가정원을 인증받고 생태수도를 자처하는 건 순천 사람들이 오랜 시간 생태적 가치를 존중하고 지키려는 지역 문화를 쌓아온 덕분이다.

검은 황새는 처음이라

◉

2000년 전국 3대 방송사의 주요 뉴스에 '알고 보니 흑두루미'라는 보도가 나간 적이 있다. 순천만 보전 운동을 하며 천연기념물 228호인 흑두루미에 대한 관심이 확산되는 와중

---

* 전 세계를 대상으로 습지로서의 중요성을 인정받아 람사르 협회가 지정, 등록하여 보호하는 습지. 우리나라에는 총 스물네 곳의 람사르 습지가 있다.

이라 더욱 이목을 끌었다. 어떤 학부모 분이 다친 황새를 구조하여 자녀가 다니는 순천 남초등학교에 보호를 맡기고, 선생님과 학생들이 10년간 키웠는데, 사실은 흑두루미였던 것이다. 그러니까 흑두루미는 최소 1989년 이전부터 순천을 방문했다는 뜻이기도 하다.

흑두루미는 겨울 철새로 10월쯤 한국으로 와서 월동하고 다음 해 3월쯤 다시 시베리아로 떠난다. 순천만 인근 대대동 마을 입구에는 '순천만 대대 마을은 흑두루미의 고향입니다'라는 글씨가 큰 바위에 새겨져 있다. 보통 고향은 태어나고 자란 곳을 의미하기 때문에 엄밀히 따지면 흑두루미의 고향은 알을 낳고 키우는 시베리아라고 할 수 있다. 그러나 마을 이장님의 의견은 다르다.

"추석 쇠러 왔다가 설 쇠고 가니 고향 맞소."

흑두루미를 황새로 잘못 알고 키운 해프닝도 있었지만 새를 아끼고 보호하려는 순천 사람들의 노력은 꾸준히 이어졌다. 우선 전봇대에 부딪쳐서 다치고 무리에서 낙오되는 흑두루미가 없도록 순천만 인근의 전봇대 282개를 뽑았다. 한국전력공사와 KT가 관리하는 전봇대는 순천시 맘대로 철거할 수 있는 시설이 아니었고, 이곳의 전봇대는 대부분 지하수 관정의 펌프 모터를 작동해 논에 물을 대기 위해 설치한 것들이라 지역 사람들의 동의도 필요했다. 두 가지 다 쉽지 않은 설

용산전망대에서 바라본 순천만

득과 양보가 필요했지만 순천시와 시민들의 노력으로 전봇대를 제거하고 전기선을 지하로 매설시키는 데 성공했다.

농약을 사용하면 새들의 먹이가 오염될 수밖에 없어서 순천만 인근의 논은 모두 친환경 농업으로 전환하기도 했다. 그때 설립된 흑두루미 희망농업단지에서는 매해 친환경 유기농 쌀을 생산한다. 그 외에도 풍족한 먹이를 공급하기 위해 겨울철 빈 논에 낱알을 뿌렸고, 새들이 밤에 잠을 잘 수 있도록 차량 불빛을 가릴 수 있는 갈대 울타리를 설치했다. 순천만습지를 관광지로 만들면서도 밤에 조명을 켜지 않았다. 이러한 노력의 일환으로 순천만 일대가 비행 회피 구역으로 지정된 것은 어쩌면 당연한 수순이었다.

순천에서 공식적으로 흑두루미 탐사를 시행한 것은 1999년부터로 당시 79마리를 관찰한 이래 흑두루미 개체 수는 매년 증가하였다. 문제는 흑두루미와 더불어 관광객도 늘었다는 점이다. 2003년 10만 명 언저리를 머물던 관광객이 불과 6년 뒤인 2009년에는 233만 명을 넘어선다.

그러면서 순천 지역 사회는 새로운 고민에 빠진다. 지역 경제가 활성화된 것은 긍정적이지만 사람들이 몰리면서 쓰레기가 늘고, 주말이면 7,000대 이상의 차량이 순천만 주변으로 들어와 매연 문제가 발생했기 때문이다. 개발과 보존 사이, 인간과 자연의 공존을 위한 해법이 필요했다. 놀랍게도 순천 사람들이 내놓은 답은 바로 '정원'이었다.

책 한 권의 힘

◎

2013 순천만국제정원박람회는 『고정희의 독일 정원 이야기』라는 책에서 아이디어를 얻었다고 한다. 책 속에는 당시 우리나라에는 조금 생소한 '독일 정원박람회'에 관한 이야기가 담겨 있다. 독일에서는 개개인이 작은 정원을 가꾸는 걸 중요하게 생각하는 동시에, 시민들이 공유할 수 있는 도시 정원을 만드는 것도 공공의 과제로 여긴다고 한다.

독일의 여러 지역 도시에서는 정원을 공원의 형태로 만드는 것 외에도 도로 주변부나 교차로에 조성하여 자동차로부터 사람들이 안전하게 보행할 수 있는 완충 지대로 삼는다. 또한 여러 공원을 띠 형태로 연결하여 도시 전체를 휘감는 녹색 축을 만들기도 한다. 이 과정에서 주민 의견 수렴과 다양한 형태의 참여가 일어나는 점도 독일 정원의 특징이다.

더해서, 책에는 경관을 정비하고 정원을 사람들의 삶의 영역에 스며들게 하는 데 '정원박람회'가 중요한 역할을 한다는 내용도 담겨 있었다. 바로 순천 사람들이 원하던 방향이었다. 늘어나는 관광객으로부터 흑두루미의 서식지를 보호하고 도시의 발전을 동시에 꾀할 수 있는 길을 찾던 사람들에게 정원은 '인간과 자연의 공존'이라는 열쇠가 되었다. 정원은 사람이 만들어내는 작은 자연이었다.

순천시는 도심 공간과 순천만 사이에 위치한 46만 평의 땅을 매입하고 그곳에 정원을 조성하기로 한다. 순천만 습지로 들어가는 입구를 5킬로미터 후방으로 이전하겠다는 계획도 세워졌다. 순천 시민들은 정원을 도시의 팽창을 막는 에코벨트로 삼은 것이다.

당연히 어마어마한 돈이 필요했고, 고민 끝에 낙후된 시청을 다시 짓기 위해 확보해두었던 예산을 과감히 정원을 만드는 데 사용하기로 결정했다. 그래도 필요한 돈이 부족해 인근 도시인 여수에서 한 해 전에 열린 2012 여수 세계박람회에서 사용되었던 그늘막, 가로등, 벤치 등을 가져와 재사용하기도 했다. 또 정원 조성에 필요한 바위는 광양-목포 간 고속도로 공사 때 발생한 것을 구해왔고, 88고속도로 확장 공사를 하며 현장에서 폐기될 뻔한 나무들을 받아와 심기도 했다. 그 나무들이 현재 정원 한쪽에서 아름다운 메타세쿼이아 길을 이루었다.

게다가 박람회장을 조성하기 전 미리 박람회장 부지 내에서 지렁이 분변토를 만들어 식재할 장소에 거름으로 사용했다. 박람회장 외부 울타리는 순천만에서 자라는 갈대를 엮어서 세웠다. 덕분에 일반 울타리보다 비용도 적게 들고 이후 거름으로 재활용도 가능했다.

정원박람회가 얼마나 많은 사람들의 고민과 협력 속에서 탄생했는지 곱씹을수록 마음이 뭉클해졌다. 순천만과 정원에 대해 배우며 나도 순천 사람으로서 한몫을 하고 싶어졌다. 어린 시절에는 아무런 감흥이 없었던 지역, 축제라는 단어가 그 안에 담긴 사연과 함께 나의 마음을 움직였다.

이야기를 듣지 않으면 절대 모를 이 뭉클함을 순천을 찾는 손님들에게도 알리고 싶었다. 그래서 '순천 알리미회(이하 순알회)'라는 시민 모임에 막내로 가입했다. 주로 40대부터 60대에 이르는 어른들 속에서 스물두 살짜리 막내가 된 것이다. 나는 6개월에 걸친 박람회 기간 동안 주중에는 회사에서 일하고, 주말이면 박람회장 내부를 순환하는 관람버스 맨 앞자리에 앉아 관광객들에게 정원 해설을 했다.

정원박람회 막내 해설사

◎

지금 생각하면 대체 어디서 그런 오지랖과 체력이 나왔는지 모르겠다. 관람버스로 박람회장을 뱅글뱅글 돌면서 3~4시간 내내 말하는 건 꽤 많은 체력을 소모하는 일이었다. 원래 반복적인 일을 싫어했지만 만나는 사람들이 계속 달라진다는 점이 나에게는 오히려 해설사로서 버틸 수 있었던 힘이 된 것 같다.

아직 나무 그늘이 무성해지지 않은 초여름의 무더위 속에 땀을 뻘뻘 흘리며 박람회장을 돌다보면, 어린 나도 이렇게 힘이 드는데 다른 해설사 어르신들은 어떻게 버티시는 걸까 걱정도 되고 존경스럽기도 했다. 순알회 회원들은 정말 봉사하는 마음가짐 하나로 모인 분들이었다.

어르신들은 순천만과 흑두루미를 살리고 국가정원까지 만든 순천을 자랑스러워 하셨다. 또 그 가치를 전달했을 때 사람들이 감동하는 장면에 뿌듯하고, 해설을 듣는 사람들과 마음이 이어질 때 느껴지는 공명이 너무 좋아서 긴 순알회 활동을 이어가셨다.

또한 함께 가치 있는 일을 한다는 유대감이 서로를 돌보게 했다. 덕분에 나에겐 고향도 아닌 순천에 든든한 관계망이 생겼다. 이때 만난 어르신들은 지금도 마을에서 정원을 만든다는 소식을 내 SNS에 올리면 '좋아요'를 눌러주신다. 아침잠이 없으셔서 새벽 5시에 게시글을 올려도 반응이 온다. 무조건적인 응원을 보내는 사람들이 있다는 것만으로도 순천은 나에게 살 만한 장소가 된다. 다 정원이 맺어준 인연이다.

정원이 개인의 삶에 미친 긍정적인 영향은 비단 나에게만 벌어진 일이 아니다. 정원을 거닐면서 몸과 마음을 치유한 사람도 있을 테고, 식물 모종을 심고 관리하거나 정원 내 매표소 및 식품점을 관리하며 일자리를 마련한 사람들에게도 정원은 기쁨의 장소일 것이다.

무엇보다 은퇴 이후 순알회 활동을 하며 지역 내에서 자신의 사회적 역할을 찾고 삶의 활력을 되찾는 어르신들의 모습이 나에겐 가장 감동적인 마법이었다. 몇몇 분은 박람회를 기점으로 삶의 모습 자체가 완전히 전환되어 이후에도 지역 내에서 정원 교육, 정원 해설, 정원 체험 프로그램 운영 등 정원과 관련된 다양한 활동을 하며 살아가고 계신다.

정원은 개인적인 차원을 넘어 도시 전체에 다양한 경제적 가치도 발생시켰다. 박람회장 인근의 택지 분양이 완료된 것은 말할 것도 없고, 6개월간 진행되었던 박람회장의 운영 수익만 516억 원으로 운영비를 뺀 205억 원이 세외 수입이 되었다고 한다.

박람회가 거둔 흑자는 일회성으로 끝나지 않고 지속적으로 방문객을 모아 2014년부터 2020년까지 7년 동안 순천만 습지와 연계한 입장료 수입 등이 867억 원이나 됐다. 방문객 수만 따지면 국내에서 아주 유명한 놀이공원들과 맞먹거나 조금 넘어설 정도다. 코로나19로 인해 주춤했던 2020년에도 193만 명이 순천만습지와 순천만국가정원을 찾았다고 하니, 순천만에서 골재를 채취하는 걸로는 결코 얻지 못했을 수입과 관심을 거둔 셈이다.

정원박람회 이후 우리나라에도 정원과 관련한 새로운 법이 생기고 정원박람회장은 국가에서 지정한 제1호 국가정원이 되었다. 앞에서 말한 대로 2018년에는 순천시 전역이 유네스코 생물권 보전 지역으로 지정되면서 순천이라는 도시의 브랜드 가치는 더욱 올라갔다. 경제적인 관점에서 정원은 시간이 쌓일수록 가치가 높아지는 특성이 있기 때문에 땅이나 수목의 자산 가치도 상당할 것이다.

정원이 도시의 난개발을 막는 에코벨트 역할을 잘 했기 때문인지 겨울에 월동하는 흑두루미도 정원박람회를 기점으로 꾸준히 증가했다. 2012년에는 660마리였던 흑두루미가 박람회가 몇 해 지난 2021년에는 3,300마리로 5배나 증가했다. 무엇보다 흑두루미가 늘어난 만큼 '생태'를 이야기하는 시민도 늘어난 것 같다. 2021년 시민들이 주체가 되어 '순천시 생태도시 조성 및 발전에 관한 조례'*를 발의한 일도 긍정적인 변화 중 하나다.

나는 정원과 정원박람회라는 행사가 남긴 가장 귀한 자원

---

* 지역이 지속가능한 생태도시로 성장할 수 있도록 순천시가 시민들의 생태환경 활동을 다방면으로 지원하는 방안 등이 담겨 있다. 2021년 7월 5일 제정된 전국 최초의 조례다.

은 바로 시민들이라고 생각한다. 순천 시민들은 인간과 자연의 공존을 선택했고 생태적 가치를 존중하는 방향을 바랐다. 휴학을 결정하고 순천에서 시작한 자립과 활동이 점점 자리를 잡아 갈수록 나는 '공존'에 대해 더 많이 생각하기 시작했다. 사람과 사람, 사람과 자연, 도시와 정원 등을 연결 지으며 내 안의 질문도 늘어만 갔다.

숲으로 한 걸음

순천만국가정원 내 갯지렁이 도서관

갯벌을 정화하는 갯지렁이

◎

정원박람회장 해설사 일을 하면서 가장 인상 깊었던 장소는 '갯지렁이 다니는 길'이라는 이름이 붙은 정원이었다. 이전까지 내 머릿속 정원은 고급 주택 앞에 깔린 잔디 위에 큰 나무와 화려한 꽃들이 식재된 모습이었다. 하지만 이 정원은 내가 가진 고정관념을 다 깨버렸다.

지렁이가 땅을 비옥하게 하듯 갯지렁이는 갯벌을 비옥하게 한다. 갯지렁이가 갯벌을 쏘다니며 펄에 구멍을 내면 그 구멍으로 공기나 바닷물이 들어가 갯벌이 썩지 않는다. 또 갯지렁이는 펄 속 오염물질을 먹어 치우는 청소부 역할도 맡는다.

'갯지렁이 다니는 길'은 움푹 들어간 땅과 길을 이루는 크고 작은 언덕들이 모인 형태인데 마치 갯벌을 지나간 갯지렁이의 흔적처럼 생겼다. 그런데 신기하게도 전망대에서 내려다보면 그 모습이 마치 나뭇잎처럼 보인다. 보이지 않는 생태계의 가치를 디자인으로 구현한 황지해 작가의 의도였다.

이 정원 한편에 만들어진 아늑한 갤러리와 도서관 역시 갯지렁이 모양이다. 일을 하다 지칠 때면 나는 꼭 이곳에서 쉬곤 했다. 갯지렁이가 갯벌을 정화하는 것처럼 도시 곳곳에도 우리 마음을 정화시켜주는 장소가 많아지면 좋겠다고 생각했다.

박람회 기간이 끝나고 해설사 활동은 마무리되었지만 나와 순천만국가정원의 인연은 계속되었다. 우리 회사가 국가정원에서 정원 체험 프로그램을 진행하게 된 것이다. 일을 마치고 여느 때처럼 갯지렁이 도서관에 앉아 창밖을 바라보던 어느 날, 창문 바로 앞에 심어진 관목* 사이로 작은 새집이 보였다. 내 손바닥만 한 크기나 될까 싶은 새집 안에는 몇 개의 알이 있었고, 이윽고 날아온 작은 새가 알을 포옥 품었다. 난생처음 보는 광경에 그저 감탄하며 새삼 내가 생생한 자연 속에 살고 있음을 실감했다.

그전까지는 '생태계 가치가 중요하다', '정원은 도시에서 생태계를 지키는 역할을 한다'와 같은 말들을 머리로만 이해했다. 나는 정원을 도시를 혁신시키기 위한 장치 혹은 발명품, 가치를 전달하는 예술 작품 정도로 인지했던 것도 같다.

---

* 작은 키의 나무 또는 덤불로 구성된 나무.

그런데 정원에서 자라는 나무에 새집이 있고 또 새집 속의 작은 생명들을 본 순간 내 몸의 또 다른 감각이 한꺼번에 열리는 기분이었다. 한 공간에 존재하는 생명들이 상호 작용하는 모습이야말로 진짜 정원이라는 생각이 든 것이다. 동시에 국가정원을 좋아하면서도 마음 한구석이 불편했던 이유가 무엇인지 깨달았다.

국가정원에서는 방문객들의 수요에 맞춰 시들지도 않은 꽃을 버리고 새로운 꽃을 심는 과정이 되풀이되었다. 물론 크고 작은 나무들은 같은 자리를 지켰지만, 관람객이 많은 동선에는 짧은 주기로 상당한 양의 꽃이 교체되었다.

정원과 생태에 대한 고민이 깊어지던 그 무렵, 체험학습센터에서 함께 일하던 선생님이 재미있는 이야기를 들려주셨다. 초등학생 대상의 수업에서 교안대로 "생태란 무엇이라고 생각하나요?"라는 질문을 던졌는데 한 아이가 생각지도 못한 대답을 했다는 것이다.

"생태요? 생명에 대한 태도!"

아이의 말을 듣고서 꽃이 개화하는 것처럼 머릿속이 활짝 열렸다. 복잡한 사회 속에서 복잡하게 문제를 풀어가는 어른들보다 훨씬 통찰력 있는 대답이었다. 인간과 자연의 공존은 공간만으로 해결되는 게 아니었다. 순전에서 도시의 팽창을 막는 저지선 역할로 국가정원을 만든 것은 정말 멋진 일이었

순천만국가정원 내 호수정원

순천만국가정원에 식재된 튤립

다. 하지만 그것만으로 충분할까?

정원에서는 일회용품을 쓰지 않거나 정원에 올 때 대중교통을 이용하도록 유도하는 노력 등이 더욱 필요하다고 생각했다. 갯지렁이가 갯벌을 정화하는 것처럼, 눈에 잘 띄지 않는 곳에서도 생태계의 가치를 존중하고 실현할 수 있는 과정의 부재가 아쉬웠다. 자연을 소비의 대상으로 보지 않는 시선, 생명에 대한 바른 태도는 일상 속 실천이 동반되어야 비로소 완성되는 가치였다.

생태마을 디자인 캠프

◎

그해 여름, 우연히 SNS를 통해 '생태마을 디자인 캠프'라는 4박 5일 프로그램 포스터를 보았다. 정확하게 어떤 것을 배우는지 짐작하기 어려웠지만 '마을 디자인'이란 문구와 '생태적 삶에 관심 있는 사람'을 대상으로 한다는 내용이 좋았다. 이곳에 가면 나와 비슷한 고민을 하는 사람들을 만날 수 있겠구나 싶었다. 캠프 참가를 위해 대표님께 조심스럽게 휴가를 신청했더니, 출장이라 여기고 다녀오라며 참가비와 교통비까지 주셨다. 예스!

나도 지역에서 살지만 캠프가 열리는 충남 금산군은 생전

처음 듣는 지명이었다. 구체적인 장소 이름도 희한했다. '별에별꼴.' 주최 측은 캠프 장소로 들어오는 시내버스가 하루에 단 네 대밖에 없으니 절대 놓치지 말라고 당부했다. 이름도 이상하고 쉽게 들어가고 나올 수도 없으니, '설마 다단계인가?' 하는 걱정이 들었다. 그래도 문화기획 일을 하면서 교류가 있었던 서울시의 '청년허브'라는 단체에서 후원하는 행사라는 걸 보고 의심을 거두었다.

'별에별꼴'은 캠프 개최 장소이기도 했지만 공간을 운영하는 청년공동체의 이름이기도 했다. 순알회에선 나 혼자 20대였기 때문에 또래 청년들이 모여 공동체를 만든 모습이 신기하고 반가웠다. 두 대표 중 한 사람은 나랑 동갑이었는데, 일반 고등학교 대신 금산 간디학교라는 대안학교를 졸업했고 이후 대학을 선택하는 대신 시골에 정착해 협동조합을 운영 중이라고 했다. 옷 입는 것도 조금 이상해 보이고 수업 중에 누워 있는 건 더 이상했지만, 어딘가 모르게 다들 자유로워 보였다.

이런 청년들이 버려진 폐교를 직접 리모델링하여 산다는 점도 신기했지만 그들의 모습은 더 새로웠다. 살아가는 데 필요한 침대나 식탁 같은 가구들에서는 직접 만든 태가 났고 묘한 향, 묘한 그림, 묘한 조명이 어우러져 내가 살던 세상과는 다른 공기를 뿜었다.

생태마을 디자인 캠프는 에코빌리지 디자인 에듀케이션 Ecovillage Design Education(이하 EDE) 과정의 일부라고 했다. EDE 과정은 젠GEN(Global Ecovillage Network)이라는 세계 생태마을 네트워크에서 개발한 교육이며 유네스코에서도 공인된 교육 과정이라고 한다. 당시 진행된 캠프는 EDE를 한국에 소개하는 맛보기 같은 자리였다. 한국에서는 처음 열리다보니 태국의 가이아 아쉬람 생태공동체에서 EDE 교육을 진행하는 옴과 톰 부부가 길잡이 역할로 참석했다.

생태적으로 살아가는 사람들이 모인 '생태마을'이 전 세계에 걸쳐 존재한다는 사실에 내가 지금까지 얼마나 좁은 세계에서 살았는지 실감했다. 캠프에서는 수업 시간표를 별도로 나눠주지 않고 한 장의 전지에 아기자기한 그림을 넣어 모두가 한 번에 파악할 수 있도록 공개했다. 순천에서 문화 교육 프로그램을 진행할 때는 무조건 교육 개요, 시간표, 교육 자료 등을 종이로 출력해 나눠주는 일이 중요했는데 이곳은 아니었다. 한 번 읽고 버려질 종이를 아낄 수 있어 좋았다.

오전 8시부터 1시간 동안 아침을 먹고 오전 9시에 수업을 진행했다. 12시부터 시작된 점심시간이 1시간 반 동안 이어졌고 오후 3시 반부터 또 30분 동안 티타임을 가졌다. 솔직히 이렇게 쉬엄쉬엄 진행되는 교육은 처음이었다. 게다가 앉아서 설명을 듣는 일반적인 방식의 수업은 아주 적었고, 모여서 토론을 하거나 밖에서 게임을 하고, 밭에서 풀을 뜯어 요리를 하며 시간을 보냈다.

요약하면 생태마을 교육은 밥 먹고, 노동하고, 쉬고, 씻고, 수다 떨다가 잠들기였다. 그래서 무언가 배우러 왔다기보다는 '살러 왔다'는 생각이 들었다. 머리로 이해하는 공부가 아닌 몸으로 체득하는 수업이었다.

처음에는 모르는 사람들과 하루 종일 같이 생활한다는 게 부담스러웠다. 그러나 이 캠프에서 다른 이들의 생활을 지켜보고 함께하는 일은 좀 특별했다. 무엇보다 이제까지 고민했던 '생명에 대한 태도가 삶에 적용되는 모습'을 바로 눈앞에서 볼 수 있었다. 가능한 내 손으로 직접 생산하고, 가능한 쓰레기를 만들지 않고, 가능한 자연에 피해가 되지 않는 물품을 사용하고, 가능한 나와 연결된 생명을 떠올리는 시간이었다.

캠프에 참여한 친구들은 작은 텃밭에서 먹거리를 생산하는 게 익숙하고, 바느질을 해서 가방을 만들어 쓰고, 음식물은 남기지 않았으며, 요리하다 남은 채소 꼬투리를 퇴비장으로 보냈다. 수업 때는 최소한의 종이를 사용했는데 그마저도 이면지나 재생지를 사용했고, 화장실에서는 수질 오염의 주원인인 계면활성제가 들어 있지 않은 제품을 썼다.

생태마을 디자인에서는 딥 이콜로지Deep Ecology를 가장 중요한 개념으로 소개했다. 한국말로 풀면 심층생태학이라

고 부를 수 있는 단어다. 처음엔 심층생태학이라고 해서 자연
과학을 깊이 있게 배우나 싶었는데 그보다는 생태철학에 가
까운 내용을 다루었다. 심층생태학은 자원 고갈과 지구의 황
폐화 문제를 해결하기 위한 개념으로 인간이 생태계의 정점
에 있는 것이 아니라 생태계의 구성원이라는 사고방식을 핵
심으로 했다. 내가 찾던 생명에 대한 태도가 여기 담겨 있다
는 생각이 들었다.

내가 만난 퍼머컬처

쌈채소와 허브를 심은 숲먹거리정원

새로운 눈을 뜨다

◎

캠프 막바지에는 한국에서 생태적인 활동을 하는 사람들을 초청해 이야기를 듣는 '사람책 프로그램'을 진행했다. 여러 프로그램 중 가장 인상 깊었던 것은 '퍼머컬처Permerculture' 였다. 한국퍼머컬처학교 소란 대표로부터 퍼머컬처에 대한 이야기를 들었다.

퍼머컬처는 1975년 호주에서 빌 모리슨과 데이비드 홀그램이라는 두 사람에 의해 시작됐다. 많은 사람들이 에너지 위기 사회에서 어떻게 '지속가능한 삶'을 살 수 있을 것인가 고민하던 때 만들어진 이론과 운동이다. 현재 전 세계 광범위한 영역에 적용되는 중이며, 세계 곳곳에서 퍼머컬처 디자이너 양성 과정이 열린다.

지속적, 영속적이라는 뜻의 퍼머넌트permanent와 농업을 뜻하는 아그리컬처agriculture가 합쳐진 퍼머컬처는 한국에서는 '영속 농업'이라 번역되기도 한다. 하지만 소란은 퍼머컬처를 단순히 '농업'으로만 풀이하면 제대로 이해하지 못한다고 했다. 퍼머컬처는 농업을 중심에 두면서도 인간이 살아가는 데 필요한 모든 영역, 즉 토양, 에너지, 건축, 문화 예술, 경제, 건강, 공동체 등을 아우르는 개념이었다.

그래서 '영속 문화' 혹은 '지속 철학'에 가깝다고 한다. 문화나 철학이라는 단어가 나오면 너무 광범위하고 어렵게 느껴지지만 퍼머컬처를 적용한 삶의 단편을 상상해보면 쉽게 이해할 수 있다. 내가 배웠던 요령은 퍼머컬처가 적용되는 세상을 작은 부분부터 하나씩 확장시키며 그려보는 것이다. 구체적으로 떠올릴수록 더 실천 가능하고 스트레스도 덜 받는다.

우리는 어느 순간부터 땅속의 미생물을 생각하지 않는 농사를 해왔다. 현행 농사법대로 똑같은 작물을 똑같이 일렬로 심는 것은 땅속 미생물을 줄이는 요인 중 하나다. 하나의 작물은 같은 미생물을 먹기 때문에 같은 땅에서 한 작물만 계속 심을 수는 없다. 지력을 보충하기 위해 퇴비를 투여하다보면 결국 그 땅에서는 퇴비 없이 농사를 짓지 못한다.

퍼머컬처는 식물과 식물 사이의 상호 작용을 고려하는 방식으로 식재한다. 서로 다른 미생물을 먹는 작물을 섞어서 심거나, A는 미생물을 생산하고 B는 A가 만들어낸 미생물을 먹도록 심는 것이다. 이 방식으로 농사를 지으면 자연스럽게 우리가 일상적으로 접하는 단일작물이 대량으로 심어진 농촌과는 다른 풍경이 펼쳐진다. 내가 본 퍼머컬처 밭은 자연의 아름다움 자체를 옮겨놓은 듯했다. 마치 '정원' 같았다.

퍼머컬처 농사에서는 땅을 갈아엎지 않는 '무경운'과 비닐 대신 풀을 이용한 '풀 멀칭'을 통해 땅속의 수분과 미생물을 보호하여 땅심을 살린다. 또한 강수량이나 일조량을 계산해 작물이 잘 자랄 수 있는 미세한 기후까지 염두하여 땅을 일구고, 농약이나 살충제도 사용하지 않는다. 농약과 살충제를 사용하면 땅속의 미생물이 죽고, 미생물이 죽으면 비료 등을 뿌려 인공적인 처리를 하지 않는 이상 식물이 자랄 수 없다. 자연적인 흐름이 끊기는 것이다. 그뿐만 아니라 농약과 살충제는 지하수를 타고 흘러 식물과 동물에게 나쁜 영향을 미친다. 결국 그 물이 다시 인간에게 돌아오는 건 물론이다.

그럼 벌레는 어떻게 해결하느냐 묻는 사람이 있을 것이다. 퍼머컬처는 인간의 입장에서 해충이라고 생각하는 벌레들을 퇴치하기 위해 살충제를 뿌리지 않는다. 대신 벌레의 특성을 잘 파악해 벌레가 좋아하는 습하고 어두운 '벌레 여관'을 세워 텃밭에서 떨어진 곳으로 유인한다. 벌레 역시 생태계라는 거대한 시스템의 일부로서 역할을 하기 때문에 그들의 존재가 불편하다고 막 죽여버리면 결국 인간도 재해를 당한다고 보기 때문이다.

또한 생태화장실을 만들어 퇴비를 생산하고, 생산된 퇴비는 밭에 투입하기 편리한 동선을 고려해 밭보다 높은 곳에 만든다. 물탱크나 저수조 역시 농장 위쪽에 두어 다른 에너지 없이도 중력을 이용하여 밭 아래까지 쉽게 공급한다. 이때 물탱크에서 나온 물은 바로 밭으로 가거나 천연 세제를 사용하는 집을 거치기도 한다. 퍼머컬처 방식으로 지은 집에서는 물이 일반적인 하수도로 나가는 것이 아니라 집 외부에 파놓은 연못으로 흐른다. 이 연못에는 물을 정화시키는 식물을 식재해 물을 정화시킨 뒤 밭이나 강으로 흘려보낼 수 있다.

퍼머컬처 농사에서 잉여 농산물이 생길 때는 마을이나 지역 사회 단위로 시야를 확장하여 필요한 곳에 공급할 수 있도록 유통망을 정비하고 그래도 남는 것은 가공하여 판매한다. 이를 위한 마을협동조합을 구성하는 것도 퍼머컬처의 일부다.

벌레와 기후를 고려한 농사, 물탱크에서 화장실과 연못이 연결된 건축, 마을과 지역 사회를 연결하는 협동조합 등 다양한 영역에서 퍼머컬처를 적용할 수 있으며 또한 이 모든 것들이 연결되어 있음을 깨닫고서 나는 커다란 충격을 받았다. 그동안 세상을 넓게 보지 못했다는 자책과 함께 그렇게 오랜 시간 학교에서 공부했음에도 이런 통합적인 사고를 배우지 못했다는 사실도 깨달았다. 학교와 사회에서 공부하고 일하는 동안 느꼈던 뭔가 모를 답답함의 원인을 찾은 것 같았다.

텃밭에서 정원을, 정원에서 텃밭을

◎

생각해보면 퍼머컬처는 우리에게 낯선 것이 아니었다. 과거 우리나라는 퍼머컬처와 같은 방식으로 농사를 해왔다. 어린 시절 놀러갔던 할머니 댁 화장실은 지금 돌이켜보면 생태화장실의 다른 이름이었다. 똥을 싸거든 꼭 변소 뒤쪽에 쌓인 왕겨로 덮어놓으라던 할머니의 당부가 기억에 생생하다. 이렇듯 우리 삶에 함께했던 퍼머컬처 방식을 우리는 편리와 효율이라는 논리로 지워냈는지도 모른다.

내가 순천에서 왔다고 하니 소란도 반가워하며 자신도 국가정원을 방문했다고 말했다. 이내 우리는 국가정원과 텃밭정원에 관한 이야기를 나누었다. 퍼머컬처라는 개념을 국가정원에도 적용한다면 어떨까? 순간 즐거운 상상이 펼쳐졌다. 46만 평에 달하는 땅에 먹을 수 있는 작물을 심으면 다양한 작물이 아름답게 어우러진 모습 자체가 특별한 정원으로서 볼거리가 되었을 것이다. 거기서 나오는 잉여 생산물을 세련되게 가공하여 판매했다면 순천시는 식량을 자급자족하는 도시가 되었을지도 모른다.

또 관행농 방식으로 얻은 씨앗이나 모종을 구입하는 대신 식물들을 땅에 정착시켜 매년 씨앗을 거두고 다시 씨를 뿌리는 방식, 비료를 최소화하여 관리 비용을 줄이는 방법, 정원을 퍼머컬처 방식으로 돌보는 교육 프로그램을 통해 참가자들의 생태 감수성을 키우는 일도 상상해보았다. 국가정원이 퍼머컬처 방식으로 조성되었다면 지역 사회에 더 긍정적인 영향을 끼쳤을지도 모른다.

나는 이후 퍼머컬처와 생태적 문화에 대한 호기심이 커져 해외 생태마을을 탐방했고 한국에서 퍼머컬처 디자이너 양성 과정도 수료했다.

우리말에는 '텃밭', '터앝', '뜰'처럼 먹을거리를 기르는 땅을 가리키는 다양한 단어가 있다. 터앝은 집 울안에 있는 작은 밭이라는 뜻이고, 텃밭은 집터에 딸리거나 집 가까이에 있는 밭을 뜻하는 말로 터앝보다 조금 큰 개념이다. 뜰은 집 안의 앞뒤나 좌우로 가까이 딸려 있는 빈터를 말하는데 화초나 나무를 가꾸기도 하고, 푸성귀 따위를 심기도 하는 공간이다. 텃밭보다 큰 개념으로 나무를 심을 수 있다는 점이 다르다.

퍼머컬처 방식대로 텃밭을 하면 기존의 텃밭과는 다른 형태의 밭이 가능하다. 퍼머컬처 디자이너 양성 과정에서 난생처음 텃밭을 디자인하는 실습을 했다. 우리 조는 '김장 텃밭'을 만들었는데, 벌레가 좋아하는 배추를 안쪽에 심고 벌레가 싫어하는 강한 향을 지닌 파를 배추 주변으로 둘러 심었더니 배추에 벌레가 덜 생겼다. 벌레가 없을 뿐만 아니라 배추의 연한 초록과 파의 진한 초록이 어우러져 보기에도 아름다운 텃밭이 되었다. 또 텃밭 가운데 퇴빗간을 마련해 음식물 쓰레기를 처리하고 거름을 만들었다. 이 거름은 자연스레 주변 흙으로 스며들어 배추가 잘 자라도록 했다. 마지막으로 버려진 샤워 호스에 눈 모양을 달아 텃밭 지킴이로 세웠다. 일종의 정크 아트이자 귀여운 정원 오브제였다.

정원이 아름다움을 추구하고 텃밭이 먹을거리를 생산하는 걸 목적으로 한다면 이 둘을 합한 퍼머컬처 방식의 텃밭은 '텃밭정원'이라고 부르는 것이 맞겠다는 생각을 했다. 아름다움을 추구하는 건 어쩌면 인간의 본능과 같아서 사람들은 정원을 계속 발전시켜 왔을 것이다. 순천의 정원 문화 확산도 아름다움을 향한 마음에서 출발한다. 거기에 생태계에 해가 되지 않는 퍼머컬처를 적용하면 어땠을까.

2013 순천만국제정원박람회 기간 동안 순천에서는 24개 읍면동에서 마을 만들기 사업의 일환으로 자투리 땅에 정원을 만드는 '한평정원'이라는 사업을 대대적으로 추진했다. 그 결과 많은 정원이 조성된 것은 기쁜 일이지만 대부분 비슷비슷한 형태라 보는 재미는 적었다. 또한 꽃 피는 계절이 지나면 식재한 식물들 대부분이 죽는 경우가 많아서 아쉬움을 더

했다.

 퍼머컬처 방식으로 다년생 식물과 일년생 작물을 순천 기후에 맞춰 식재했더라면 아름다운 텃밭정원을 여러 사람들이 누릴 수 있지 않았을까? 나에게 퍼머컬처는 정원 문화를 향한 새로운 관점, 희망 그리고 숙제가 되었다.

도시재생, *아날로그 프레스트리

대한민국 제1호 국가정원으로 지정된 순천만국가정원 전경

숲처럼 학

⊙

캠프에서 받은 영감과 질문들이 머릿속을 가득 채웠다. 그리고 하나둘 불만이 늘기 시작했다. '생태수도 순천이라는 말은 기만이 아닐까.' '내가 경험하고 온 숲에서의 생활이 진짜 생태적인 삶이었으니 순천에서 말하는 건 가짜가 아닐까?' 이전과 달리 국가정원의 운영 방식이나 현장의 모습에서도 실망스러운 부분만 도드라지게 보였다.

나는 무슨 고고한 철학을 깨우친 사람처럼 굴었던 것 같다. 제대로 공부하거나 치열하게 고민하지 않고 눈앞에 보이는 모습을 평가하고 재단하기 바빴다. 결국은 이 모든 것들을 문제로 여기는 나 자신을 돌아보았다. 사실 불만의 바탕에는 순천을 애정하는 마음과 이 지역을 진심으로 일군 사람들에 대한 존경이 있었다. 세상에 존재하지 않는 완벽한 결과를 바라며 지금까지 지역 시민들이 흘려온 땀과 눈물을 가짜로 매도해서는 안 됐다.

결과를 고정시켜 평가하지 말고 지역 사회의 변화를 애정 어린 눈으로 바라보며 힘을 보태기로 했다. 우리가 살아가는 지구도 끊임없이 변화하고 움직이는 과정 속에 있는 존재일 테니, 나도 그에 발을 맞추고 싶었다. 결국 나는 더 다양한 경험을 쌓고 싶어 회사를 그만두었고, 국내외 생태 공간들을 탐방하며 서울에서 업사이클 디자인을 공부했다. 이후 또래 청년들이 모인 금산의 대안대학인 '아랑곳'에서 삶의 기술을 배우기도 했다.

나는 아랑곳의 전공 과정 중 하나였던 '숲에서 살기학'을 좋아했다. 이 수업은 인간이 가진 야생의 본능을 일깨우고 스스로의 손으로 삶을 영위하는 기술을 배우는 시간이었다. 하이라이트는 '아날로그 포레스트리Analog Forestry'였는데, 스리랑카에서 만든 교육이다. 스리랑카는 과거 영국의 식민 지배를 받아 차나무 플랜테이션이 진행된 곳이다. 대규모 단일 경작은 땅을 병들게 하여 숲이 가진 다양성을 파괴하고 동식물을 죽인다. 스리랑카 벨리폴라 지역도 마찬가지였다.

벨리폴라에서는 망가진 숲을 복원하기 위해 '아날로그 포레스트리'를 개발했다. 아날로그는 유사체, 즉 서로 비슷하고 닮은 물체라는 뜻으로, 아날로그 포레스트리는 마치 원시 숲처럼 자연 생태를 닮은 숲을 만들고 생태적으로 가꾸는 방법이다. 우리나라에서는 이 말을 '숲처럼 학學'이라고 표현하기도 하는데, 벨라폴라에서는 이 방법으로 숲을 살리고 사회적·경제적 이익까지 얻고 있었다.

자연으로 슬렁슬렁 넘어가던 시기에 나는 인간이 만들어낸 자본주의가 잘못됐고 모두 자연으로 돌아가야 한다는 회귀론적 생각에 사로잡혀 있었다. 하지만 아날로그 포레스트리를 배우면서 그럴 필요가 없음을 깨달았다. 수업을 진행하던 디자이너 트루디는 이렇게 말했다.

"인간은 자연을 파괴하고 개발하는 것에 힘을 사용할 수 있는가 하면, 사랑하고 회복하고 재생하는 것에도 엄청난 힘을 사용할 수 있어요. 숲은 자연적으로도 회복 가능하지만 인간의 힘이 함께한다면 더 빠른 재생도 가능해요."

그렇다. 인간도 자연의 일부이니 우리 안에는 자연을 파괴하는 본능만 있는 것이 아니라 자연 속에서 자연의 일부로 존재하는 방법도 있었다. 그 사실이 나에게 큰 위로가 되었다.

숲의 천이* 과정을 닮은 숲 복원은 자연 상태에서 100년이 걸릴 숲의 회복 기간을 30년으로 단축시켰다. 벨리폴라에 직접 방문했을 때 하얀 원숭이를 만난 적이 있다. 동물원이 아닌 자연 속에서 야생 원숭이를 처음 보았던 터라 무척 놀랐

---

* 일정한 지역의 식물 군락이나 군락을 구성하는 종들이 시간의 추이에 따라 변천하여 가는 현상.

는데 옆을 보니 나만 그런 게 아니었다. 웅성웅성하는 벨라폴라 사람들도 그런 원숭이 종은 처음 봤다고 했다.

숲의 생명력이 회복되자 자연스럽게 새로운 원숭이들이 나타난 것이다. 우리도 숲을 복원하면 사라져버린 한국의 늑대나 범 같은 야생 동물을 다시 만날 수 있지 않을까? 아날로그 포레스트리는 나에게 인간과 자연에 대한 새로운 가능성을 보여주었다.

숲을 꿈꾸는 도시

◎

순천을 떠나 여러 곳을 여행하고 또 살아보면서 다양한 삶의 기술을 배웠다. 내가 정리한 삶의 기술은 자신의 몸을 돌볼 줄 아는 법, 자신의 삶의 무게를 깨닫는 법, 내가 좋아하는 것이 무엇인지 알아가는 법, 내가 원하는 것과 원하지 않는 것을 다른 사람에게 상처주지 않으면서 말하는 법, 서로 편견 없이 관계 맺는 법, 관계를 건강한 방향으로 이끄는 법, 질투 대신 서로를 지지하고 응원하는 법, 내가 살아갈 터전을 설계하는 법, 하고 싶은 일을 기획하고 의미 있게 만드는 법, 다양한 생명의 소중함을 잃지 않는 법, 자연의 흐름에 맞는 단순한 생활 방식의 재미를 아는 것 등이다.

가장 중요한 것은 이런 삶의 기술을 배울 수 있는 환경이었다. 나의 경우에는 공동체, 즉 진정한 의미에서 협업을 할수 있는 관계가 좋은 환경이 되어주었던 것 같다. 그래서 나름대로 계획한 여정이 끝나갈 무렵에는 내가 경험한 이런 환경이 지역 곳곳에 존재하면 좋겠다는 바람이 생겼다. 이제는이리저리 내게 필요한 환경을 찾아다니는 것이 아니라 더 많은 사람들이 자신에게 필요한 터전을 찾을 수 있도록 돕고 싶었다. 그리고 마음의 고향인 순천으로 돌아와 그 일에 도전해보기로 했다.

나의 바람은 순천이라는 도시의 환경이 지금보다 더 생태적인 숲에 가까워지는 것이다. 숲의 정체성은 '생물량biomass'과 '생물다양성biodiversity'이라는 두 축으로 이루어진다. 생물량은 에너지원이 되는 화합물의 총 무게이다. 식물의 광합성부터 미생물과 동물의 생합성까지 모든 에너지의 총합을 표현하는 지표로 숲의 생산성을 뜻한다.

생물다양성은 얼마나 다양한 종류의 생물이 사느냐는 물론, 얼마나 다양한 생태계가 존재하는지를 포함한 개념이다. 특히 숲의 지속가능성은 생태계가 얼마나 복잡하고 다양하게 연결되어 있느냐로 판단할 수 있기 때문에 생물다양성을 늘리는 일은 매우 중요하다.

언뜻 구분하기 힘든 생물량과 생물다양성은 실은 매우 다른 개념이다. 생물량은 양을 뜻하기 때문에 피라미드로 표현되지만, 생물다양성은 관계를 포함하기 때문에 그물망으로 표현된다. 숲의 중심인 나무의 생물량과 생물다양성을 비교하면 이해가 쉽다. 나무는 숲 생물량의 80퍼센트를 차지한다. 그러나 생물다양성에서는 1퍼센트를 차지한다. 이는 나무가 숲의 가장 중요한 에너지원이며, 숲에는 나무 외에도 다양한 종류의 동식물이 산다는 뜻이다.

숲에 대한 공부를 할수록 도시*가 숲과 닮았다는 생각을 하게 됐다. 특정 공간 안에서 다양한 개체가 상호 작용하며 살아간다는 점이 그렇다. 숲이 나무가 중심이 되는 생태계라면 도시는 인간이 중심이 되는 생태계라고 할 수 있다. 다른 점이 있다면 인간은 나무와 달리 도시의 가장 중요한 에너지원이 아니라는 사실이다. 그것이 대부분의 현대 도시가 숲과 다르게 생태적으로 건강하지 못한 이유이다.

도시에서 녹지와 같은 자연이 관람의 대상으로 전락하면서 우리가 사는 곳은 삭막해졌다. 자연을 대상화하는 일은 자연의 일부인 인간을 자연과 구분지어 사고하게 하고, 대상화된 자연은 어느새 소모품이 되어버리기 십상이다. 그럼 자연

---

* 여기에서 말하는 도시는 농촌과 반대되는 개념이 아니라, 특정 공간에서 사회 조직을 이루고 문화를 공유하는 '공동체'의 의미로 사용했다.

쓰레기 없는 축제를 실험한 숲틈시장

은 생태계 특유의 자정 작용과 순환 체계를 잃어버리고 만다. 인구가 늘어나고 도시가 확장될수록 자연은 병든다. 그 결과가 지금 우리 앞에 닥친 기후 위기일 것이다.

자연의 파괴나 기후 위기 같은 문제는 개개인이 다루기에는 너무 크고 어려운 문제라고 생각하는 사람들이 많다. 실제로 한 사람이 할 수 있는 일은 매우 제한적이다. 모든 사람이 시골로, 산과 들로 가서 살 수도 없다. 그러니 도시 안에서 더 건강하고 행복하게 살고 싶다면, 우리는 도시의 지속가능성을 위해 함께 노력해야 한다. 나의 경우는 지속가능성의 실마리를 숲에서 발견하였고 이를 실천하기 위해 노력 중이다.

앞에서 말한 생물량과 생물다양성의 개념으로 도시를 이해해보면 어떨까. 도시를 구성하는 다양성을 먼저 살펴보면, 생물다양성은 유전적 다양성과 유전적으로 같은 종 안에서의 다양성을 모두 포함한다. 도시의 유전적 다양성은 직관적으로 사람이 대부분을 차지한다. 도시에는 생산을 담당해줄 식물이 많지 않고, 사람이 버린 쓰레기를 먹고 사는 동물들만 남았다. 고양이, 쥐, 비둘기, 바퀴벌레를 떠올리면 알 수 있다. 종 내 다양성은 어떤가. 아쉽게도 인간은 온갖 차별을 통해 끊임없이 종 내 다양성을 무너뜨린다. 여아를 낙태하거나, 이주자를 거부하거나, 장애인 편의 시설을 제대로 마련하지 않는 것도 다 여기 포함된다. 너무 슬픈 일이다.

현대 사회는 농촌에서 대도시로 갈수록 생산보다는 소비가 중심이 되는 구조인데, 문제는 갈수록 생산을 담당하는 농산어촌의 질량, 생물량이 점점 가벼워진다는 점이다. 지금처럼 대도시만 기형적으로 커진다면 사회 전체의 균형이 무너져 버릴지도 모를 일이다.

결론적으로 도시 안의 생물다양성을 확대하고, 도시 내부 그리고 도시 간에 불균형한 생산 영역을 확대하기 위한 방법이 필요하다. 그래야 도시도 숲처럼 지속가능할 수 있다. 이런 관점으로 도시를 바라보니 도시에도 아날로그 포레스트리가 필요하다는 생각이 들었다. 지구상에서 가장 성숙하고 지속가능한 구조를 갖춘 숲을 닮은 도시를 디자인하면 도시에서 발생하는 문제, 도시가 일으키는 문제들을 해결할 수 있을 것 같았다. 이렇게 순천 지역 내의 생물다양성을 늘리기 위한 방법을 고민하던 와중에 '도시재생'을 만났다.

다시 순천, 다시 마을

◎

순천으로 돌아와 나는 마을공동체 사업이나 지역 축제와 관련된 일들을 기획하고 진행했다. 사업의 모양은 다 달라도 늘 '생태'를 중심 키워드로 삼았다. 마을 주민들과 퍼머컬처로 공동체 텃밭을 일구고, 어린이 생태 체험 캠프를 진행하면서 다양한 세대와 함께 자연에 가까운 삶을 경험했다. '쓰레기 없는 축제'를 실험해보았던 '숲틈시장'은 순천을 넘어 주변 지역들의 많은 관심과 사랑을 받았다.

이런 활동을 하면서 자주 접하게 된 개념이 도시재생이다. '내가 사는 도시가 어떻게 하면 더 아름답고 편리하고 살 만한 터전이 될 수 있는지'는 순천 사람들에게 매우 중요한 문제였다. 다른 많은 지역의 도시들처럼 순천도 오래된 도시 중심부가 점점 쇠퇴하면서 여러 문제가 나타났는데, 주변에 새로운 아파트와 빌딩을 세우는 것만으로는 기존 도심의 다양한 기능을 온전히 담아내기 어려웠던 것이다.

교통과 시장, 문화와 관광 등을 담당해온 구도심의 오랜 역사를 무시하고 방치하기에는 지역 시민들의 불편과 손해가 너무 컸다. 그렇다고 구도심을 전부 현대적으로 이른바 재개발시키는 것은 구도심이 가진 문화적 가치를 훼손시키고, 또 경제적으로도 큰 부담이 되는 일이었다. 생태적인 관점에서도 도시의 생물다양성이 줄어들 위험이 높았다. 너무나 많은 사람들의 이해가 얽혀 있는 문제임은 말할 필요도 없을 것이다.

'도시재생 활성화 및 지원에 관한 특별법'에 의하면 도시재생은 '인구의 감소, 산업구조의 변화, 도시의 무분별한 확

장, 주거 환경의 노후화 등으로 쇠퇴하는 도시를 지역 역량의
강화, 새로운 기능의 도입·창출 및 지역 자원의 활용을 통하
여 경제적·사회적·물리적·환경적으로 활성화시키는 것'을 말
한다. 이 어려운 정의를 한마디로 쉽게 말하면 '죽어가는 도
시를 되살린다'는 뜻이다.

사실 도시의 쇠퇴 문제는 많은 사람들의 관심사였고 그간
다양한 해결책이 추진되었다. 도시의 지속가능성을 위해 주
거 기능을 개선하는 재개발, 문화적 기능 향상에 초점을 맞춘
각종 문화예술지원 사업, 자본주의 경제의 단점을 보완하는
사회적 경제, 지역 커뮤니티를 복원하는 마을공동체 사업 등
이 그것이다. 모두 도시가 가진 다양한 기능을 되살리기 위한
정책들이다. 그러나 아쉽게도 각각의 정책들은 유기적으로
이어지지 못했다. 위와 같은 모든 영역을 연결하는 정책은 내
가 알기론 도시재생 사업이 처음이다.

숲속 생태계가 복잡하게 연결될수록 숲의 지속가능성이
높아지는 것처럼 도시를 구성하는 복잡한 생태계를 연결하
고 새롭게 하는 일이 중요해보였다. 그러고 보면 도시는 원래
주거, 복지, 경제, 사람, 자연, 역사, 문화 예술 등 다양한 요소
가 어울려서 형성된다. 어느 한 사람이나 집단만을 위한 것이
아니다. 숲이 모두의 것이듯 도시도 시민 모두를 위해 존재한
다. 공공건축, 사회복지, 마을공동체, 소셜디자이너, 사회적

경제 등등 우리 사회를 더 건강하게 만들고자 노력하는 여러 분야의 시설과 사람들이 필요하다.

　이런 도시의 연결성은 퍼머컬처에서 생태건축, 지속가능한 농사, 생태 감수성 교육, 서로 돌봄 등이 연결되어 있는 것과 닮았다고 생각했다. 그동안 내가 퍼머컬처를 통해 배운 것들을 도시재생을 위해 활용해볼 수 있지 않을까 싶었다.

　정부에서는 지역과 밀접한 사업의 경우 예산을 지역의 특성에 맞게 잘 쓰도록, 필요에 따라 공공 영역과 민간 영역 사이에 존재하는 중간 지원 기구를 세울 수 있다. 도시재생 사업에서는 사업 대상지 내에 현장지원센터라는 지원 기구를 설치하는데, 나는 이곳에 지원하여 꿈꿨던 것들을 펼쳐보기로 했다. 순천시 저전동 현장지원센터의 사무국장이 되어, '어쩌다 공무원'의 삶을 살기 시작한 것이다.

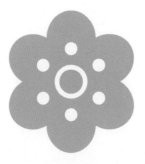

청원이란 만능열쇠

저전동 정원마을 포스터

도시의 문제는 건축물이나 도로 같은 시설적인 측면에서 발생하는가 하면 사람 사이의 관계나 공동생활 같은 심리, 관계적인 측면 등에서도 발생한다. 이를테면 누군가는 좁은 골목길을 혼자 걷는 것이 무섭고 누군가는 집 앞에 계속 버려지는 쓰레기 때문에 화가 난다. 같이 밥 먹을 사람이 필요한 이가 있고, 다른 사람을 도와 보람을 얻고자 하는 사람도 있다.

복잡하고 다양한 문제가 엉켜 있는 도시에서 해결책을 제시하고 또 지속가능한 생태계를 만들기 위해선 어떻게 해야 할까? 형사들이 범죄 현장에서 많은 단서를 찾는 것처럼 도시의 문제도 현장에서 단서를 얻어야 한다. 그래서 먼저 저전동을 관찰하기 시작했다. 골목을 걷고 사람을 만나며 어떤 이야기가 오가는지, 무엇이 불편한지, 동네 골목마다 어떤 특징과 역사가 있는지 살폈다.

저전동은 과거 순천의 유명한 초등학교, 중학교, 고등학교가 모인 교육 중심지 역할을 하던 곳이었다. 그래서인지 주로 자녀 교육에 관심이 많고 경제적으로 여유가 있는 직업군을 가진 사람들이 마당 있는 집을 지어 살았다. 자녀들이 장성하여 떠난 현재의 저전동은 여느 오래된 마을과 마찬가지로 노인이 된 부모들이 남았지만, 마당이 근사한 주택들도 함께 남았다.

마당을 시멘트로 덮어버린 경우가 많았지만 어떤 곳은 담장 부근으로 나무가 식재되어 있기도 했다. 가장 많이 보인 나무는 감나무였다. 따뜻한 남쪽 지역답게 무화과나 비파, 심지어 야자수인 종려나무까지 발견할 수 있었다. 마당 안뜰이나 부엌 근처에는 채소를 가꾸어 먹던 남새밭의 흔적도 심심치 않게 남아 있었다.

마을의 풍경을 완성하는 것은 길가에 놓인 화분들이다. 마을을 거닐면 이 골목에도 저 골목에도 각양각색의 화분이 놓여 있다. 담장 위에 있는 작은 다육 화분부터 고무 대야에 핀 보라색 도라지꽃도 볼 수 있고, 투박한 스티로폼 상자에 심어진 가시오가피가 있는가 하면 커다란 화분 안에 심어진 아름다운 수형의 매화나무도 있다. 한눈에 보아도 어르신들의 살뜰한 손길이 느껴진다. 이렇듯 저전동은 마을 자체가 정원이었다.

오늘날 우리가 '부엌정원Kitchen Garden'이라고 부르는 정원의 형태가 이곳에서는 예전부터 자연스러운 일이었다. 이미 많은 사람의 삶에 식물을 가꾸고 돌보는 행위가 녹아 있었기 때문에 그 모습을 정원으로 잘 형상화하면 저전동만의 특색을 살린 정원마을을 만들 수 있을 것 같았다.

관찰을 통해 발견한 마당과 사람들의 삶의 모습을 단서로 저전동의 다양한 문제를 '정원'이라는 열쇠를 통해 해결할 수 있겠다고, 해결해보자고 생각했다.

그렇게 조성된 공유지정원이 모두 열두 곳이다. 골목정원, 띠정원, 빗물가로정원 세 곳은 길게 선을 이루는 형태의 정원으로, 식물을 따라 마을을 걸을 수 있는 '마실길정원'이다. 남승룡 메모리얼정원, 기억정원, 닥나무정원, 숲먹거리정원, 건강정원, 그린파킹정원, 세모정원 같은 '테마포켓정원' 일곱 곳은 사유지를 시에서 매입하여 만들었고, 타 기관 소유지에 만든 저전성당 역사정원, 남초등학교 생태놀이터정원은 장기 임대 계약을 통해 세웠다.

모두 생태적인 녹지를 늘리는 차원을 넘어 마을 주민들이 살면서 느낀 불편함이나 문제의식을 녹여낸 결과물이다. 집 안에 정원을 꾸미고 싶지만 여건이 안 되는 주민들을 위한 골목정원과 띠정원, 마을 주민들이 함께 먹을 것을 키우고 나눌 수 있는 숲먹거리정원, 체육 시설이 자리한 곳과 쓰레기를 버리는 곳이 뒤섞여 혼란스럽던 장소를 정비해 만든 건강정원은 물론이고, 두 학교 사이에 난 좁은 일방통행 길로 차가 다니던 불편함을 해소한 남승룡 메모리얼정원, 주민들이 가까운 거리를 빙 둘러가야 하는 문제를 해결하기 위해 만든 저전성당 역사정원 등은 정원의 공공적인 성격을 잘 드러낸다.

저전동 정원의 공공성은 개인정원에서도 빛을 발한다. 담장 낮추기 사업과 함께였기 때문이다. 담장을 낮추겠다고 신청한 주민들의 마당에 정원을 새로 만들거나 기존 정원을 정비해 드렸다. 다닥다닥 집들이 붙은 마을의 좁은 골목길은 지나는 사람들에게 불편함을 준다. 안전 문제도 생기고 쓰레기 문제도 있다. 무엇보다 높은 담은 사람 간의 관계를 멀어지게 한다. 저전동은 오래된 마을이라 주민들이 서로를 잘 아는 편이었지만, 왕래가 드문 사이나 새로 유입되는 사람들과는 교류가 어려운 면도 있었다.

담을 낮춘다고 바로 문제가 풀리진 않지만 그것이 정원과 함께라면 좀 더 쉬워지지 않을까 싶었다. 꽃이 피고 나비가 나는 모습에 사람들의 시선이 멈추면 낮은 담 사이로 어색하게나마 인사를 주고받고, 또 날씨와 식물에 대해 이야기를 건네다보면 서로 조금씩 가까워지지 않을까?

담을 낮추려던 이유는 한 가지 더 있다. 사람들이 골목길에서 폐쇄적인 느낌을 받는 것은 골목 바닥면의 길이가 양 옆 담벼락의 길이보다 짧기 때문이다. 그래서 마찬가지로 높은 담을 가진 집 사이를 걷더라도 그 길이 4차선에 해당될 정도로 아주 넓다면 답답하지 않다.

좁은 골목길은 폐쇄적인 느낌도 들고 햇빛이 들지 않아 곰팡이가 생기기 쉽다. 또 쓰레기나 오물이 버려지거나 혹시 모를 안전을 위해 CCTV를 추가로 설치해 달라는 민원이 자주 발생하는 곳이다. 우리는 담을 낮추고 정원을 조성함으로써 골목길에도 햇빛을 들여오고 개방감을 줄 수 있다고 보았다. 빨리 지나치고 싶은 길이 아니라 천천히 둘러보며 걸어도 안전하게 느낄 수 있는 길을 만들고 싶었다.

집 담벼락을 낮추는 일에 대해서는 신청자 가족 안에서도 찬성과 반대가 나뉘곤 한다. 선뜻 찬성하는 이가 있는가 하면 집 안이 훤히 보일 수 있어 불편하다는 이유 등으로 반대하는 이도 있었다. 우리는 그런 불편함에 대해서도 역시 정원을 통해 방법을 모색했다. 식물의 종류와 발육 상태에 따라 집 안이 가려질 수 있다고 알려드렸고, 실제로 정원을 디자인하고 식재하는 과정에도 함께 참여하시도록 권했다.

하나 다행스러운 점은 주민들의 거부감이나 반대가 그렇게 크지 않았다는 점이다. 순천에서는 2013 순천만국제정원박람회가 끝난 이듬해인 2014년부터 매년 개인정원을 다른 이들에게 개방하는 사업을 펼쳤다. 저전동에도 '디딤돌정원'이라는 '개방정원'이 있다. 순천에는 정원을 가꾸고 그것을 다른 이들에게 기꺼운 마음으로 보여주는 문화가 있고, 저전동 주민들도 그것을 직간접적으로 접했기 때문에 정원과 개방 양쪽에 대해 상대적으로 열린 마음으로 다가오셨다.

이렇게 시작된 개인정원은 '이웃사촌정원'이라는 이름으로 현재까지 11개 집 담장 안에 조성되었고, 2022년 올해까지 25개 집으로 확대하는 것을 목표로 한다. 처음에는 망설이던 분들도 이웃에 하나둘 예쁜 풍경이 펼쳐지니 자연스레 문의를 주신다.

정원주에 따라 각양각색 다르게 피어나는 개인정원들을 하나씩 둘러보는 것만으로도 재미가 쏠쏠하다. 마을 주민들 사이로 좋은 것을 자랑하고 함께 나누려는 마음이 더욱 늘어나는 것 같다. 이 또한 정원이 가져다준 기쁨이다. 각 정원에 대한 자세한 이야기는 이어지는 글에서 다루려고 한다.

닥나무을 찾아서

닥나무정원의 오브제가 된 옛날 종이 재단기

저전동의 '저楮'는 닥나무, '전田'은 밭을 의미한다. 말 그대로 '닥나무 밭'이다. 생김새를 아는 사람은 적지만 한지의 원료가 되는 닥나무는 실은 우리에게 꽤 익숙한 나무다. 기록에 따르면 저전동은 우리가 자연 부락이나 집성촌이라 부를 정도로 오래된 마을이 아니었다. 이곳은 1914년 일제의 행정 개편 당시 '저전리'라는 이름으로 등록되면서 마을의 존재를 드러냈다.

저전동에 출근해 한 달 동안 동네 구석구석을 관찰했다. 저전동이 한지를 생산하려는 의도로 가꿔진 밭이었는지, 어디선가 날아온 씨앗으로 닥나무 자생지가 되었는지는 모르겠다. 어쨌든 백 년 전부터 공식적으로 닥나무 밭이라 불렸으니 이름에 걸맞게 백 년쯤 된 닥나무 한 그루 정도는 만날 수 있을 거라 기대했다. 닥나무로 만든 한지는 천 년을 가는 종이라고 하니 그 원료인 닥나무도 튼튼하지 않을까? 나는 오래된 집터나 산기슭을 헤집고 다니며 상상의 나래를 펼쳤다. 그러나 기대가 무색하게 단 한 그루의 닥나무도 만날 수 없었다.

동네 분들에게 여쭤보니 몇 년 전까지 닥나무가 있었지만 지금은 사라졌다고 한다. 도로 옆에 붙은 자투리 공원에 있었단다. 심지어 그 닥나무도 오래전부터 자라던 것이 아니라 저전동 주민자치회에서 마을 사업 차원으로 심었던 거라고 했다. 사업의 이유는 '명색이 저전동인데 닥나무가 한 그루도 없어서'였다. 사람들 생각하는 게 다 비슷하다며 웃었다.

그렇게 주민들의 돈과 노동(봉사)을 투여해 심은 닥나무를 얼마 지나지 않아 뽑아버린 이유는 관리하기의 어려움 때문이었다. 주민들이 닥나무에 얼마나 시달리셨던지 저전동 동목을 뽑는 투표에서 닥나무는 후보에도 오르지 못했다. 내가 마을 경관 사업으로 '닥나무 식재'라고 운을 띄우면 그 자리에 계신 모든 분이 일제히 손사래 칠 정도였다.

닥나무는 뽕나무과 나무로 3미터 정도까지 키가 자라고 가지를 넓게 뻗는 우산 모양의 나무다. 저전동 단층 주택 마당에서 키우기에는 부피가 꽤 크다. 게다가 낙엽이 지는 활엽수인 터라 누군가 낙엽을 꾸준히 쓸어줘야 하는 번거로움이 생긴다. 그러니 주인이 없는 자투리 공원에 심기에도 적합하지 않았다.

닥나무 나무껍질은 종이의 원료가 되고, 열매는 약재로 쓰이고, 어린잎은 먹을 수도 있다. 이렇게 쓰임이 많은 나무임에도 관리하기 까다롭다는 이유로 뿌리 뽑히고 말았다. 뽑힌 닥나무가 어떻게 됐는지는 끝내 알 수 없었다. 누군가 옮겨 심지 않았다면 폐기물로 처리되었을 거다.

지자체에서 공원이나 정원을 조성할 때면 이런 일이 자주 발생한다. 식물을 잔뜩 심었다가 아무도 관리하지 않아 방치되는 경우가 다반사다. 한때 전국에 유행처럼 번진 '쓰레기 투기장 화단 만들기 사업'도 마찬가지였다. 쓰레기 무단 투기 문제를 해결하기 위해 주요 투기 장소에 화단을 꾸미면 효과가 있다는 소문이 퍼지면서 전국에 우후죽순 화단이 생겼다. 처음에는 예쁜 화단을 반기고 무단 투기도 줄었지만 안타깝게도 그 효과는 오래 가지 못했다. 왜일까? 바로 화단이 '살아 있는 장소'임을 간과했기 때문이다.

정원은 멈추어 있는 장식이 아니고 살아 움직이는 과정이다. 즉, 시간의 흐름에 따라 변한다는 말이다. 그래서 정원을 디자인할 때 가장 중요한 것은 과거, 현재, 미래를 모두 고려하는 상상력이다. 이를 위해서도 관찰이 먼저 필요하다. 관찰은 장소, 식물, 사람 등 다양한 관점으로 과거와 현재를 진단하고 시간의 흐름에 따른 미래를 상상하며 진행하는 것이 좋다.

나는 사람에 대한 관찰을 먼저 하는 편이다. 야외에 존재하더라도 정원은 야생의 공간이 아니다. 도시와 야생 사이의 자연 공간으로서 사람의 손길을 필요로 한다. 사람들이 어떤 정원을 원하는지, 정원에서 무엇을 하고 싶은지, 어떤 식물을 좋아하는지, 정원을 관리할 사람이 식물에 대한 이해가 있는지, 정원을 관리해본 경험이 있는지, 물 주는 걸 귀찮아하진 않는지 등 여러 사항을 자세히 살핀다.

보라색 꽃을 좋아하는 사람이라면 아무래도 보라색 꽃을 심어둔 정원에 더 마음이 가지 않을까? 뭐든 좋아하면 한 번 더 돌아보기 마련이니, 적어도 식물이 꽃 한 번 피우지 못하고 그냥 버려지진 않을 것이다. 또 특정한 꽃에 대해 꽃가루 알레르기가 있어서 싫어하는 사람이 있는데, 모두의 공간이라며 그 식물을 심어놓으면 갈등이 일어날 가능성이 크다. 심하면 관계가 망가질 수도 있다. 이와 같은 여러 조건이 겹치면 식물의 입장에서는 힘껏 자라 꽃을 피운 것뿐인데 억울하게 베어지는 일이 생긴다.

다음은 장소다. 예정지가 전에는 어떻게 쓰였는지, 현재는 어떻게 쓰이는지, 앞으로는 어떤 공간이 될 것인지 고려해야 한다. 현재 흙의 상태, 햇빛의 양, 물의 흐름, 바람의 방향과 앞으로 주변에 어떤 건물이 들어서는지까지 두루 살펴보면 좋다. 그에 따라 식물에 영향을 주는 빛, 물, 바람이 달라지기 때문이다. 무엇보다 식물에 물을 줄 수 있는 수도가 근처에 있는지, 없으면 설치할 여건이 되는지 같은 사항도 빼먹으면 안 된다.

정원에 심으려는 식물이 가진 고유의 특성도 관찰해야 한다. 물을 좋아하는 식물인지, 햇빛을 좋아하는 식물인지 알아야 어느 위치에 심을지 가늠할 수 있다. 그리고 계절에 따라 낙엽이 지는지, 키는 얼마나 자라는지 등 식물의 미래 모습을 상상해서 식재해야 한다. 또 많은 사람이 놓치는 것 중 하나는 식물과 식물 사이의 관계다. 식물 간의 관계도 사람 사이처럼 굉장히 섬세하다. 예를 들어 유실수가 이미 자리 잡은 장소에 녹병이 잘 생기는 향나무를 심으면 열매가 잘 맺히지 않을 수도 있다.

그런데 우리는 닥나무는 안 된다는 주민들을 설득해 저전동 한가운데 닥나무정원을 만들었다. 원래 이곳은 비타민센터라는 이름의 3층짜리 복합문화공간이 들어설 자리였는데 방향을 변경한 것이다. 마을 사업이나 평생 교육과 관련한 다양한 단체들이 입주하기로 예정된 곳이라 어려움이 있었지만 그럴 수밖에 없었다.

현재 닥나무정원이 들어선 장소는 원래 A4용지를 제조하는 종이 공장이었다. 주택으로 밀집된 마을 중앙에 이만한 너른 땅이 다시 나오기란 쉽지 않았다. 그런데 막상 3층 건물을 올리려고 보니, 무엇보다 저층 주거지에 주변보다 껑충 높은 건물이 들어서는 게 마음에 걸렸다. 오붓한 마을 풍경을 망칠 수도 있었다. 게다가 3층 건물을 활성화하려면 저전동 주민뿐만 아니라 다른 마을 사람들도 오고 가는 공간이 되어야 한다. 주차 문제가 심각해질 것이 눈에 선했다. 주민들을 위해 만드는 건물이 오히려 주민들의 미움을 사는 공간으로 남을 것 같았다.

하지만 건물을 짓겠다는 계획에 따라 부지 매입은 이미 진행되었고, 건물이 정말 마을에 필요한지 원점부터 검토하는 과정에서 공간은 방치될 수밖에 없었다. 방안을 찾고 싶었던 나는 이 땅에 어떤 일이 일어나는지 관찰하기 시작했다.

빈 공간을 대하는 마을 사람들의 모습은 다양했다. 다섯 대 이상 충분히 주차할 수 있는 공간이었지만 실제 주차 차량은 두세 대뿐이었다. 원래 마을 안 골목이 넓어서 굳이 이곳에 주차하지 않아도 괜찮았던 것이다. 명절에 부모님을 찾아 마을로 들어오는 차량을 제외하면 이곳에 주차장이 없어도 크게 불편할 일은 없었다.

차가 들어서지 않으니 어느 날부터인가 의자가 생겼고 나중에는 평상까지 놓였다. 노을 질 무렵엔 주변 몇몇 가족이 평상에 옹기종기 모여 앉아 밥 먹는 모습도 볼 수 있었다. 햇볕이 쨍한 낮에는 어린이들을 만났다. 저전동엔 어르신들만

삼지닥나무(왼쪽 아래)와 저전나눔터

사는 줄 알았는데 아이들이 있었다. 코로나19로 학교에 등교하지 못하는 날이 늘어나면서 집에만 갇혀 있던 아이들이 빈터로 모인 것이다.

'아! 마을에는 사람들이 자유롭게 활용할 수 있는 여백이 필요하구나.'

뭐든지 꽉꽉 채워 넣을 필요가 없다는 걸 깨달았다. 생각해보면 옛 마을들에는 늘 빈터가 있었다. 빈터는 마을의 마당 역할을 한다. 빈터는 비어 있지 않고 마을 사람들이 모여 농산물을 다듬거나 축제를 열거나 아이들이 놀 수 있는 공간으로 쓰인다. 아무래도 높은 건물을 짓기보다는 빈 채로 두는 게 더 좋겠다는 생각이 들었다. 하지만 정돈되지 않은 형태로 마냥 비워둘 수는 없었다.

아무도 관리하지 않는 공간에는 쓰레기가 함부로 버려지기 마련이다. 이미 한쪽에 쌓인 쓰레기 더미가 경고를 보내는 중이었다. 비어 있더라도 괜찮은 기능을 입히기에는 정원만한 것이 없었다. 정원의 형태는 무궁무진하니, 이곳을 식물로 꽉꽉 채운 정원이 아닌 여백이 살아 있는 정원으로 만들면 좋겠다는 생각이 들었다.

정원의 콘셉트를 고민하며 공간의 역사를 되짚다 재밌는 사실도 알았다. 1980~1990년대 저전동에 '형제 노트'라는 스케치북 공장이 있었다고 한다. 마을 이름처럼 저전동에는 종이와 관련된 산업이 꾸준히 명맥을 이어왔던 것이다. 이런 역사를 느낄 수 있는 정원이라면 마을 한가운데 조성되기에 충분하지 않을까?

형제 노트 공장을 찾아가보니 시멘트가 아닌 나무로 지어졌을 만큼 오래된 공장은 문이 잠긴 채 먼지와 세월이 쌓이던 중이었고, 공장과 함께 운영하던 문구점도 학생 수가 줄어들면서 문을 닫은 상태였다. 마침 연로하신 부모님을 모시러 서울에서 아들이 내려왔고, 그분이 공장을 허물고 건물을 새로 짓기로 하면서 오래된 종이 재단기를 고물상에 팔았다고 했다. 우리는 고물상 전화번호를 얻어 옛날 기계를 다시 사왔다. 재단기는 저전동의 역사를 상징하는 근사한 정원 오브제가 되었다.

문제는 닥나무였다. 마을의 상징성을 지닌 나무가 주민들의 골칫거리라고 하니 어떻게 해야 할지 막막했다. 이때 정원 디자인을 맡은 조경 사무소에서 '삼지닥나무'를 소개해주었다. 뽕나무과인 닥나무와 달리 삼지닥나무는 팥꽃나무과에 속한다. 그럼에도 닥나무라는 이름이 붙은 이유는 삼지닥나무의 껍질이 지폐와 같은 고급 종이를 만드는 데 쓰이기 때문이었다. 꽃이 세 갈래로 핀다고 해서 삼지닥나무로 불리며, 닥나무와 달리 키가 1~2미터로 작게 자라는 편이고 예쁜 노란색 꽃이 피어서 관상용으로 심기도 한다. 기존 닥나무에 비해 관리가 쉽고 예쁘기까지 한 나무라고 소개하니 주민들 모두 반색하셨다.

조경 사무소에서는 닥나무로 종이를 만들 때 쓰는 다양한 도구들을 형상화해 정원을 디자인해주었다. 재단기를 정원 오브제로 사용하고, 종이 공장 건물은 원래 모양을 살려 무엇이든 될 수 있는 실내 공간으로 리모델링했다. 이렇게 주민, 행정, 센터, 조경 사무소의 오랜 논의 끝에 마을을 잘 이해하고 담아내는 디자인을 찾아 닥나무정원을 만들 수 있었다.

정원에는 옛 한옥의 툇마루를 닮은 평상이 새로 생겼고 그늘막도 설치됐다. 일반적으로 정원의 중심에는 잔디를 까는데 닥나무정원에는 화강석 디딤돌을 깔았다. 잔디보다 관리하기 쉬운 데다 아이들이 인라인스케이트를 타며 놀 수도 있다. 정원에 평상을 놓고 돌을 깔았다고 하니 의아하게 생각하는 사람들도 있다. 우리는 식물만 가득한 정원보다는 누구나 자유롭게 드나들며 머물고 싶은 공간을 구상했다.

디딤돌은 20~30명 정도가 앉을 수 있을 만큼 넓게 깔려 있다. 종이 공장을 리모델링한 건물에는 공모를 통해 '저전나눔터'라는 이름을 붙였다. 저전나눔터의 벽면은 전면 폴딩 도어라 문을 모두 열면 야외와 실내가 하나가 된다. 디딤돌과 폴딩 도어를 활용하여 야외를 관객석으로, 실내를 무대로 하는 청소년 연극 공연이 가능했다.

저전나눔터 내부는 마당처럼 과감하게 통으로 비운 넓은 홀이라 마을 총회 같은 행사를 비롯, 이동식 테이블을 배치하여 다양한 활동을 진행할 수 있다. 실제로 이곳에서 소규모 책 모임이 열리고 꽃차 만들기나 요리 교실이 열리기도 한다. 커다란 빔을 설치해서 영화 보기 모임을 하거나 그림, 퀼트, 한복 등 주민들이 주도하는 다양한 전시도 진행했다.

닥나무정원은 변화하는 과정 속에 있다. 마을 사람들은 닥나무정원과 저전나눔터를 다양하게 활용한다. 와인 파티를 하고 싶다, 리마인드 웨딩을 해보면 좋겠다 등 아이디어도 넘쳤다. 미움이 아닌 사랑을 받는 공간은 건강한 모습으로 변화하기 마련이다. 앞으로 이 정원에서 또 어떤 재미난 일들이 펼쳐질까.

봄날 삼지닥나무에 노오란 꽃이 피면 달콤한 향기를 맡으러 벌과 새가 자유로이 오는 것처럼 닥나무정원에 주민들뿐만 아니라 많은 이들이 오가면 좋겠다.

정원으로 가는 지름길

순천 남초등학교 생태놀이터정원

우리나라의 오래된 도시와 마을에는 공통점이 있다. 바로 좁고 굽은 골목길이다. 골목길을 따라가다보면 난데없이 담벼락이나 대문으로 가로막힌 곳이 나오기도 한다. 도시 계획 없이 필요에 따라 집을 짓고 땅을 개발하면서 생긴 결과다. 구도심에 차량이 늘어나면 운전자는 물론 보행자도 불편을 겪는다. 통행의 어려움은 사회적으로 취약한 사람들에게 먼저 그리고 크게 다가온다. 어르신들과 아이들이 대표적이다.

"저의 제일 큰 걱정은 학교에 대형버스가 진입할 수 없다는 거예요."

순천 남초등학교 학부모의 말을 듣고 의아한 생각이 들었다. 그럼 아이들은 그동안 수학여행을 어떻게 다녔을까? 마침, 며칠 뒤 체험학습이 있다는 소식을 듣고서 학생들이 평소에 어떻게 버스를 타는지 관찰해보기로 했다. 아니나 다를까 대형버스는 학교 운동장으로 들어올 수 없어 후문에서 약

300미터 떨어진 큰 도로에서 대기할 수밖에 없었다. 어린 학생들은 인도가 제대로 갖춰져 있지 않은 도로를 선생님 손을 꼭 붙들고 건너야 했다. 신호 체계가 없는 좁은 사거리가 꽤나 위험해보였다.

남초등학교의 통학로 환경은 전반적으로 좋지 않았다. 사방이 다 문제였다. 학교 주위로 북쪽 2차선 도로에는 불법주차가 많고 신호등이 눈에 띄지 않아서 차들이 빠르게 움직였고, 남쪽에는 순천 여자고등학교를 마주한 좁은 길가로 초등학교 담장이 있었다. 동쪽으로는 일방통행 길 양 옆으로 빈 상가들이 즐비했고, 서쪽에는 성당이 있어 골목이 좁은데, 그 길로 오토바이가 자주 다녔다. 수학여행이 아니라 일상적인 등하교부터가 쉽지 않았다. 그간 아이들, 학부모, 선생님들까지 모두 적지 않은 불편을 겪었을 것이다.

남초등학교는 일제 강점기인 1911년에 설립되었다. 100년이 넘는 역사 속에서 한때 학생 수가 3,000여 명 넘을 정도로 순천에서 제일 규모가 큰 초등학교였다고 한다. 학생이 많으니 주변으로 분식집이나 문방구, 서점, 음식점 등 가게도 많아 동네가 북적였다.

그러나 지금은 전체 학생 수가 240명 정도로 크게 줄었다. 학교 운영 예산 배정은 학생 수에 비례하기 때문에 매년 줄어들어 오래된 건물을 관리하기도 힘든 지경이었다. 폐교 위기에 놓인 것이다. 학생들을 상대하던 주변 상가들도 폐업과 공실로 방치되면서 마을도 활기를 잃었다.

학생 수가 줄어든 건 여러 요인이 더해진 결과다. 서울이나 다른 대도시로 이주한 사람들, 순천 신도심을 중심으로 신설된 학교들, 낙후되어가는 도시 환경, 저출산과 고령화라는 시대적인 흐름까지 이유는 다양했다. 한 지역의 도시재생 사업만으로는 해결하기 어려운 원인들이다. 그래서 지금 가장 필요하고 또 할 수 있는 일에 집중하기로 했다.

당장 학생 수를 늘리긴 어렵지만, 학생들이 오고 싶고 학부모들이 보내고 싶은 학교를 상상해보았다. 그런 학교를 만들면 저전동으로 이사 오려는 사람도 늘어나지 않을까.

도시재생사업은 국토교통부가 주관하고 학교는 교육부가 관리하기 때문에 학교 일에 함부로 나설 수는 없었다. 게다가 학교를 둘러싼 길은 학교만의 것도 아니었다. 도로를 넓히려고 보니 길가의 전봇대는 한국전력공사에서 관리했고, 맞닿은 저전성당에 대한 일은 천주교 교구와 상의해야 했다.

우선 학교재생 T/F팀을 꾸렸다. 학교, 순천교육지원청, 학부모, 동문회, 순천시, 저전동 행정복지센터, 도시재생 주민협의체, 도시재생 전문가, 저전동 주민자치위원회, 마을교육전문기관까지 다양한 주체가 한데 모여 정기회의를 가졌다. 각자의 이해관계가 달라 처음에는 어려움을 겪었지만, 시간

저전히어로즈 안전안심지도

이 쌓이면서 학생들을 위한 일이라는 공감대가 형성되었다. 덕분에 넓어서 다 쓰지 않는 운동장과 위험한 통학로를 개선하는 사업을 진행하기로 합의했다.

'무엇을' 할지에 대해 어른들이 큰 줄기를 다듬었으니 '어떻게' 할지 색을 입히는 일은 학교의 주인인 학생들과 해결해보고 싶었다. 남초등학교 4~6학년 25명으로 구성된 '저전히어로즈'를 모집하여 어린이 마을 디자인단을 꾸렸다. 학생들의 의견을 잘 듣고 전문가에게 도움을 받아 지역 사회가 실현하면서 학교와 지역을 변화시키는 구조였다.

운동장 문제는 어른들보다 학생들이 더 잘 알고 있었다. 고학년들이 운동장을 차지하고 놀면, 상대적으로 저학년들이 편히 놀지 못한다는 걸 저전히어로즈 고학년 학생들이 말해주었다. 아이들의 마음 씀씀이가 예뻤다.

여러 의견을 종합해 학교 운동장 일부를 다양한 공간으로 나누기로 했다. 공간을 자연스럽게 구분하기에 정원만 한 게 없었고, 아이들은 놀 공간이 필요했기 때문에 '놀이터정원'으로 방향을 갖춰갔다. 무엇보다 놀이터정원은 자연 속에서 놀 수 있다는 장점이 있었다.

'기적의 도서관', '기적의 놀이터' 등 사실 순천은 정원뿐만 아니라 도서관과 놀이터의 도시라고 해도 과언이 아니다. 이러한 순천의 장점을 저전동 마을만의 개성 안에서 녹여내고 싶었다. 그래서 학교 운동장을 과감하게 반으로 줄이고 나머지 반을 생태놀이터로 만들기로 했다.

먼저 학생들이 그림을 그리거나 수수깡과 찰흙을 이용해 원하는 놀이터를 상상하고 제안했다. 이런 방법을 제공한 조경 사무소에서 실시 설계*까지 진행했다. 아이들의 꿈을 반영해 2미터가 넘는 언덕과 미끄럼틀, 저학년을 위한 공놀이 공간, 숨을 수 있는 나무 오두막, 야외 교실 등이 만들어졌다. 운동장이 변하자 아이들의 놀이도 더욱 풍성해졌다. 시간이 흐를수록 '남초등학교 생태놀이터정원'은 다른 동네 아이들과 가족들도 놀고 싶어 일부러 찾는 장소가 되었다.

통학로 개선과 관련해서는 학생들에게 액션캠을 활용하여 자료를 수집하고, 해결 방안을 정리하여 안심안전지도를 만들도록 했다. 이 지도를 바탕으로 가로등이 부족한 후미진 골목에 야간등과 안심안전벨, CCTV가 접목된 가로등을 설치했다. 학교 북쪽 도로에는 보안등과 횡단보도 음성안내 시설도 추가했고, 무엇보다 남초등학교 담장을 개방형으로 변경하여 사각지대를 최소화하였다.

특히 저전성당이 위치한 서쪽으로는 영롱담**을 쌓아 학

---

* 문건과 도면을 보고 직접 건설할 수 있도록 항목별로 상세하게 설계하는 일.
** 여러 색깔로 무늬를 새겨 넣거나 구멍이 나게 장식을 하여 쌓은 담장.

교 안이 잘 보이도록 했다. 학생들과 담을 칠하고 좋아하는 인형 등으로 꾸밀 수 있게 도왔는데, 신기한 건 이후로 철마다 장식물이 바뀐다는 사실이다. 아이들이 학교 담장을 자신들의 놀이 도구와 표현 수단으로 삼은 것 같다.

우리는 학교 주변 좁은 길을 넓히기 위해 학교 동쪽 일방통행 길과 여고와 맞닿은 남쪽 길가의 전봇대를 철거하여 지중화시키기로 했다. 동시에 남쪽의 학교 담장을 허물어 인도를 만들고 인도가 끝나는 동남쪽 사거리 모퉁이에 정원을 조성했다. 폐업한 상가 두 곳을 매입해 대형버스처럼 큰 차량이 회전할 수 있는 공간도 확보했다. 이곳에서의 정원은 보행자가 지나다닐 수 있는 안전한 길을 확보하는 방법이기도 했다.

원래 학교 남쪽 담장에는 주민들이 자랑스러워하는 남초등학교 출신 마라토너 남승룡*** 선수의 일대기가 그려져 있었다. 주민들은 담장을 허무는 건 좋아하셨지만 그 기록이 사라지는 걸 안타까워했다. 그래서 우리는 그 자리에 '남승룡메모리얼정원'과 '기억정원'이라는 이름의 정원을 만들고 타일과 부조로 남승룡 선수를 기념했다.

남은 통학로는 서쪽 저전성당 인접 길이다. 학교처럼 성당

*** 1936년 손기정 선수와 함께 베를린올림픽에 출전하여 동메달을 획득하였고, 해방 이후 1947년 보스턴마라톤대회에 태극마크를 달고 출전하였다.

도 100년이 넘는 역사를 거치며 통행을 방해하는 건물이 되고 말았다. 규모가 큰 저전성당 주위로 하나둘 집들이 들어선 탓에 마을을 빠져나가려면 그 주변을 빙 돌아가야만 했다. 아이들은 통학하는 일이 불편했고 어르신들은 마을버스 정류장을 가는 데 어려움을 겪었다.

성당에 정원을 조성하는 문제는 무려 2년간 협의를 거쳐야 했다. 성당엔 유치원이 있어 늘 아이들이 오갔고 수녀님들도 계시기 때문에 안전 문제로 걱정을 많이 하셨다. 그래도 정원을 만들 수 있었던 결정적 요인은 성당을 자주 드나들던 어르신들과 아이들 때문이었다. 결국 성당에서도 더 많은 사람들과 함께하기 위해 '저전성당 역사정원' 조성에 찬성했다.

우리는 성당에서 남초등학교 방향의 높은 담장을 허리 높이로 오는 낮은 담장으로 낮추면서 화단을 조성했다. 그리고 일부 구간에는 담장을 쌓지 않고 넓게 길을 텄다. 길을 따라 성당을 가로지르면 저전동 주거지로 연결된다. 원래는 가로막힌 곳이었지만 성당 옆 카페와 빌라 사이의 맹지를 매입해 화단 길을 만들었다. 그 앞이 바로 닥나무정원이다. 저전성당 길을 열면서 남초등학교 서쪽 담도 일부 허물어 통학로를 완성했다. 이제 학생들은 물론 어르신들도 정원을 따라 전보다 편하게 걸어다닐 수 있게 되었다.

성당과 학교 모두 안전 문제가 중요한 곳이라 담장을 낮추

학생들과 함께 꾸민 남초등학교 영롱담

저전성당과 저층 주거지를 잇는 길

고 길을 개방하는 것에 불안과 불편을 느끼는 분들도 있었다. 그래서 특별히 CCTV나 바닥 조명 등을 보강하는 작업에 신경을 많이 썼다. 이런 우려 속에서도 개인적으로 기대했던 부분이 있다. 공간을 개방하면서 생길 수 있는 위험을 역설적으로 개방을 통한 참여의 증가로 극복하는 것이다. 나쁜 사람이 나쁜 마음을 먹을 수 없도록 좋은 사람들이 더 많이 그 공간을 아끼고 이용하면 오히려 문제가 사라지지 않을까.

도시를 되살리고 정원을 예쁘게 꾸미는 지름길은 없었다. 많은 사람의 이해관계와 다양한 기관이 얽힌 현대 도시의 문제를 일방향으로 결정하고 추진하는 건 가능하지도 바람직하지도 않을 것이다. 그저 품과 시간을 들여 관련된 분들을 만나고 대화를 나눴다. 마을 주민, 학생, 학부모 들이 주도적으로 어려운 문제와 해결책을 내놓을 수 있도록 도왔다. 우리의 역할은 그것들을 잘 추슬러 함께 길을 걷는 것이라 생각했다.

정원은 도달해야 하는 목적지가 아니라 기꺼운 마음으로 사람들이 모이고 함께 이야기를 보탤 수 있는 길이 되어주었다. 저전동에서 정원은 그 자체로 지름길이었다.

할매들의 의자

주민들의 쉼터이자 빗물 넘침을 방지하는 빗물가로정원

빗물가로정원을 가꾸는 저전동 주민

퇴근길 마주치는 강민이는 언제나 할머니 손을 꼭 잡고 집으로 간다. 남초등학교 생태놀이터정원에서 놀다가 저전성당 역사정원을 지나 닥나무정원에서 잠깐 쉬고 집 근처 빗물가로정원에 도착한다. 나는 그렇게 동네에서 가장 마음이 따뜻해지는 풍경을 만난다. 하지만 누군가 '가장'이라는 수식어에 큰 기대를 하고서 이곳을 방문한다면 자칫 실망할지도 모른다. 겉으로는 별것 없는 긴 화단이 길가에 있을 뿐이니까.

빗물가로정원이 있는 도로는 원래 순천 남산南山에서부터 흘러내려온 작은 개천이 있던 자리다. 개천을 도로로 덮으면서 대문보다 도로가 높아지는 바람에 비가 많이 오는 날이면 도로에서 빗물이 넘쳐 대문 안으로 들이치곤 했다. 도심에 홍수가 자꾸 나는 이유도 이와 비슷하다. 땅으로 스며들어 지하수가 되어야 할 빗물이 아스팔트에 가로막혀 갈 곳을 잃고 흘러넘치는 것이다.

빗물가로정원은 이름처럼 빗물과 관련이 있다. 이 정원은 빗물이 대문으로 들이치지 못하게 하려고 만들었다. 도로의 아스팔트를 깨고 반원형 하수관을 묻은 뒤 그 위에 식물을 식재하였다. 비가 오면 정원으로 빗물이 스며들어 하수관을 따라 길 끝에 위치한 작은 하천인 옥천으로 빠져나가도록 했다. 이런 기능을 담다보니 일반적인 정원과 다르게 빗물가로정원은 도로와 인도 사이에 50센티미터 폭으로 자리 잡은 길쭉한 선형 정원이 되었다.

길쭉한 정원을 따라 벤치도 길쭉하게 놓여 있다. 도로를 단면으로 자르면 나비처럼 데칼코마니가 된다. '집-벤치-인도-빗물가로정원-도로-빗물가로정원-인도-벤치-집' 순서다. 꽃들 사이로 반대편 벤치에 앉은 사람을 마주한다. 강민이가 집에 올 때면 벤치에 쪼르르 앉은 할매들이 꽃들 사이로 너도나도 얼굴을 내밀고 반겨준다. 바로 이 장면이 동네에서 내가 가장 좋아하는 풍경이다.

사람들은 필요에 의해 자기만의 방식으로 공간을 만들거나 꾸민다. 빗물가로정원 벤치도 주민들의 필요로 놓인 구조물이다. 원래도 그곳에는 낡은 의자들이 옹기종기 모여 '여긴 내가 쉬는 곳'이라 말했다. 낡은 의자를 벤치로 변경하는 일은 주민 제안 공모 사업으로 시행되었다. 처음에는 단순히 어르신들이 앉는 의자가 너무 낡아서 좀 더 편안한 쉼터가 필요했나보다 싶었지만, 그 안에는 숨은 이유가 존재했다. 마을에는 항상 속사정이 많다.

알고 보니 동네 할매들은 점심때마다 각자 집에서 반찬을 들고 낡은 의자 앞으로 모였다. 그러고는 홀로 사는 할머니 한 분을 불러내 꾸역꾸역 밥을 먹었다. 안 나오면 안 나오는 대로 기다리고, 나오면 나오는 대로 따뜻한 밥을 먹을 수 있도록 했다. 홀로 사시는 할머니는 우울증을 꽤 오래 앓으셨단다. '홀로'라는 단어의 뜻을 잘 아는 할매들은 자진해서 밥을 같이 먹는 식구 노릇을 하고 계셨다. 낡은 의자에는 마을의 본래 기능 중 하나인 '돌봄'이 앉아 있었다.

생태계의 일부인 우리는 생태계와 닮은 삶을 살아간다. 인간의 생존 본능을 따라 형성된 마을 역시 생태계와 닮았다. 씨앗이 자라 꽃이 피고 시드는 과정에서 많은 미생물과 햇볕, 빗물이 상호 작용하는 것처럼 사람들은 마을에서 서로 어울려 살아간다. 우리는 혼자서 집을 짓기 어렵고, 혼자서 쌀부터 고기까지 다 생산할 수 없고, 혼자서 사계절에 맞는 옷을 만들 수 없고, 혼자서는 외롭지 않게 살아갈 수 없다. 그렇게 우리는 이웃과 도움을 주고받으며 마을을 이룬다. 어울림은 마을의 본 모습이다.

안타깝게도 현대 사회의 상호 작용은 '얼마만큼 돈이 되느냐'를 기준점으로 작동하는 것 같다. 나는 상호 작용의 기준이 다시 '얼마만큼 서로를 돌보느냐'로 전환되었으면 한다. 돌봄은 돈으로 환산되기는 어렵지만 다양한 역할로 드러난다. 생태계를 관찰해보면 큰 나무뿐만 아니라 작은 풀도 그곳에서 일정한 역할을 한다는 걸 알게 된다. 인간의 관점에서는 전혀 돈이 되지 않아 쓸모없는 풀도 생태계 안에서는 작은 벌레를 돌보는 안식처이다.

마을 안에서도 마찬가지다. 어떤 특별한 기능이나 쓸모가 아니라 그저 그곳에 있음이 중요할 때가 많다. 누군가의 이야기를 들어주거나, 다른 이에게 요리를 만들어주거나, 뭔가를 알려주는 행위도 다 돌봄으로 볼 수 있다. 돌봄은 서로의 돌봄이 되고 그것이 쌓여 마을의 상호 작용으로 자리 잡는다. 결국 도시재생을 통한 마을 만들기는 정원을 얼마나 아름답게 만드느냐가 아니라 서로를 돌보는 관계망을 어떻게 구축하느냐에 달려 있다.

서로 돌봄은 단절이 아닌 연결을 만들고, 연결은 사람들을 외로움에서 벗어나게 한다. 외로움은 사람이 올바른 판단을 하거나, 사회의 한 구성원으로서 역할을 해내기 힘들게 만드는 감정이다. 외로움은 또 다른 단절을 만들고 더 큰 외로움을 만드는 악순환의 출발점이다. 서로 돌봄을 통해 외로움에서 벗어난 사람은 상호 작용의 과정에서 오롯한 역할을 찾는 힘을 얻는다.

그렇다면 돌봄은 어떻게 연습할 수 있을까? 나는 정원을 가꾸는 일에서 찾을 수 있다고 믿는다. 작은 씨앗을 싹 틔우고 꽃 피게 하는 행위는 그 자체로 일종의 돌봄이다. 내 집 마당에서 돌봄을 연습하다가 마을정원에서 함께하는 공동 돌봄을 연습하면 자연스럽게 서로를, 마을 전체를 돌보는 힘으로 이어지지 않을까.

정원 관련 사업을 진행하면서 한동안 어떻게 해야 마을정원사를 키워낼 수 있을지 고민한 적이 있다. 마을정원사 양성 과정을 통해 할 수 있을지, 정원 관련 정규 교육을 받은 자격증이 있는 사람을 선발해야 할지 고심하다 빗물가로정원 할매들을 만나면서 걱정을 내려놓았다.

정원을 조성하며 "잘 관리하실 수 있죠?" 하고 물었을 때 "애도 키웠는데 꽃 한 송이 못 키울까" 하고 돌아온 답변에서 깨달았다. 이게 바로 연륜이구나.

할매들은 식물이나 정원에 대해서 아무것도 배우지 않았지만 자신들만의 방식으로 빗물가로정원에 식재된 꽃들을 멋지게 키워내고 계신다. 지나가는 자동차에 잎이 무성한 허브가 다칠까 노끈으로 묶어두시고, 장맛비에 식물이 쓰러질 것 같으면 얼른 빨래집게로 고정시켜놓는 모습에서 돌봄에 익숙한 할매들의 삶이 묻어난다.

그래도 누군가는 특정 정원 지식이 필요하거나 전문 도구가 필요한 경우, 할매들이 해결할 수 없지 않느냐 반문할 수도 있겠다. 그럴 때면 우리 할매들은 "내가 어떻게 하면 돼?" 하고 당당하게 물어보신다. 정원 가꾸는 방법을 자연스럽게 알고 있듯, '질문하는 일'도 돌봄을 위한 방법 중 하나라는 사실을 잘 알고 계셨다.

할매들의 존재는 마을의 다른 사람들에게도 영향을 끼친다. 한번은 정원 관련 다큐멘터리 촬영 때문에 빗물가로정원에서 전정가위를 들고 허브를 자르려고 하니, 지나가던 아빠와 딸이 "할매들이 애써 가꾸는 거니 함부로 자르면 안 됩니다!" 하며 나를 저지했다. 무슨 마을 경관 협약 같은 약정서에 굳이 서명하지 않아도, 마을 경관을 해치는 행동을 자연스레 막아내는 주민 참여 현장을 확인한 셈이다.

날씨 좋은 날에는 어김없이 빗물가로정원 앞 벤치에 동네 할매들이 앉아 도란도란 이야기를 나눈다. 해가 뜨는 낮 시간에는 서쪽에 앉아 동쪽에서 비추는 햇볕을 받고, 해가 지는 저녁 시간에는 동쪽에 앉아 서쪽으로 지는 노을을 바라보는 모습이 꼭 해바라기 같다. 도로에 놓인 꽃들 사이로 비춰지는 그 풍경을 볼 때면 나도 따라 해바라기가 되고 싶다. 그럴 때면 사무실 작은 화분부터 잘 돌보는 연습을 해야지 다짐하게 된다. 생각보다 어렵다.

일곱 빛깔 나비들

저전동 담장이나 옹벽에 만든 기다란 모양의 띠정원

해외 생태마을을 여행하며 퍼머컬처를 공부하고 아날로그 포레스트리를 접하면서 순천만국가정원에 대한 아쉬움이 생겨났다. 흑두루미를 살리고 도시의 팽창을 막으려는 국가정원의 조성 배경을 알았고 애정이 컸기에 기대와 실망도 컸던 것 같다. 계절별로 다른 꽃을 보고 싶어하는 관광객의 욕구, 재방문율을 높여야 하는 지자체의 입장, 꽃이 버려져야 새로 판매할 수 있는 정원 산업의 구조 등이 맞물려 시들지 않았거나 다음 해 다시 꽃을 피울 다년생 꽃이 무수히 버려지곤 했다. 버려지는 꽃들을 보면서 이게 과연 흑두루미를 위해 옳은 일일까 하는 의문이 들었다.

생각해보면 우리는 식물을 너무 쉽게 버린다. 식물을 인테리어 소재로 쓰는 플랜테리어가 유행하면서 식물로 공간을 장식하고 소비하는 사람들도 늘어났다. 식물을 생명으로 대하지 않으면 겉으로 드러나는 아름다움이 사라지거나 쓸모가 다했을 때 쉽게 버리기 십상이다. 식물을 생명이 아니라 소품이나 아이템으로 취급하다가 폐점하면서 마구 버리는 것을 볼 때면 '유기 식물 보호소'를 만들어 식물을 살린 뒤 입양이라도 보내야 하나 고민하곤 했다.

기후 위기와 지속불가능한 지구의 위기는 사람들이 석유를 마구 사용하고 쓰레기를 함부로 버렸기 때문에 발생했지만, 더 근본적인 원인은 자연을 자원으로 대하면서 사람들의 생태 감수성이 낮아진 탓이라 생각한다. 무리하게 석유를 쓰고 죄책감 없이 쓰레기를 버리는 것도, 정원에서 계절마다 꽃을 갈아엎는 것도, 가게에서 장식으로 사용한 식물을 쉽게 버리는 것도 다 생명의 소중함을 잊어버렸기 때문이 아닐까?

정원마을을 만들기로 계획하면서 저전동도 겉모습만 아름다운 마을이 될까 두려웠던 적이 있다. '정원'이라는 단어가 넓은 잔디밭에 꽃과 나무를 보기 좋게 자라도록 하는 이미지로 한정된 이유도 정원을 생명의 땅이 아닌 아름다움을 관상하는 용도로 치부하는 도시의 욕심이 낳은 결과물이라는 생각이 들었다. 그러다 생태 감수성의 진정한 의미를 깨닫게 해준 하이쿠와의 일이 떠올랐다.

하이쿠는 태국의 생태마을을 여행하다 만난 친구다. 처음 만났을 때는 일곱 살이었던 걸로 기억한다. 하이쿠는 본명이 아니라 부모님이 붙여준 별명이자 애칭이었다. 우리의 시조와 비슷한, 일본의 짧은 시를 뜻하는 하이쿠는 주로 계절별로 변화하는 자연에 대한 감상을 주제로 한다. 별명처럼 하이쿠도 생태마을에서 계절의 변화를 흠뻑 마시며 자라는 아이였다.

어느 날 하이쿠가 너무 예쁜 꽃이 폈다며 나를 불렀다. 줄기가 덤불처럼 자라 초록이 무성한 곳에서 보여준 꽃은 무척이나 아름다운 붉은색 꽃이었다. 하이쿠는 그중 한 송이를 꺾어 내게 선물로 주었다. 나도 보답을 하고 싶어서 하이쿠가 준 꽃보다 훨씬 크고 예쁜 꽃을 꺾으려고 했다. 그런데 하이쿠가 내가 꺾으려던 꽃을 손으로 소중하게 감싸며 "Beauty is beauty"라고 말했다. 둘 다 서툰 영어라 정확하진 않았지만, "예쁜 건 예쁘게 두자"라는 하이쿠의 마음을 느꼈다. 우리는 가만히 앉아서 한참 동안 꽃의 아름다움을 감상했다.

꽃을 감상하는 마음은 아름다움을 찾는 본능이고 그것은 나쁜 것이 아니다. 문제는 우리의 과도한 욕심이다. 그때 내가 꽃을 다 꺾어버렸다면 아름다운 꽃을 소유하는 찰나의 즐거움은 있었겠지만, 꽃은 더 이상 생명을 이어갈 수 없었다. 하이쿠가 제지한 덕분에 남아 있던 꽃들은 열매를 맺고 땅으로 돌아가 다음 해 다시 예쁜 꽃으로 피었을 것이다.

생태 감수성이나 생명의 소중함 같은 개념은 나와 자연이 연결되어 있다는 감각에서 시작된다. 나와 연결되어 있기 때문에 더 소중하고, 내가 끼칠 영향을 상상하니까 마구잡이로 행동하지 않는 것이다. 우리가 이런 감각을 잃지 않았다면 자연과 공존하는 삶을 실천했을 것이다. 그러나 현재 인간의 행동은 지구의 자정 작용을 한계선까지 내몰았다. "생태는 생명에 대한 태도"라는 한국 어린이의 말을 태국에 사는 어린이가 행동으로 보여준 모습을 통해 많은 생각이 들었다.

생태 감수성이 가득한 정원을 만들려면 어떤 식물을 어떻게 심어야 할까? 처음에는 가능한 공유 텃밭을 많이 만들고 농약을 뿌리지 않는 것에서 시작하려고 했다. 그렇지만 텃밭은 의도와 다르게 실용적인 방향으로만 흐를 소지가 있었다. 아름다움과 생태 감수성 그리고 실용성까지, 고려해야 할 조건이 늘어나면서 고민도 커졌다. 이번에는 다행히 내 안의 경험에서 실마리를 찾을 수 있었다. 아날로그 포레스트리를 실현하는 스리랑카 벨리폴라에서의 경험이다.

벨리폴라에서 흔히 볼 수 있는 벌집생강이라는 식물은 이름처럼 꽃에서 생강 향이 나고 모양도 꼭 벌집을 닮았다. 처음에는 생강처럼 먹을 수 있어서 이곳 사람들이 많이 심었다고 생각했다. 하지만 이 꽃은 먹을 수 있는 식물이 아니었다. 인간의 입장에서는 특별한 쓸모가 없는 것이다. 아름다움의 기준은 다양하지만 솔직히 예쁜 생김새의 꽃도 아니었다. 그런데 왜 그리 많이 심은 걸까?

벨리폴라 사람들의 대답은 이 꽃이 커넥터connector, 즉 연결자 역할을 하기 때문이란다. 벌집 모양의 꽃은 많은 곤충들의 쉼터가 되어준다. 쉼터가 있으니 곤충들이 숲에서 벨리폴라 마을 안으로 찾아오기 쉬워지고, 곤충들이 모이니 수분 작용도 활발해져 다른 식물들도 잘 자랄 수 있는 것이다. 그때까지 먹을 수 있거나 보면서 즐길 수 있는 식물만 중요하게 생각하던 내가 부끄러웠다. 눈앞의 이득만 고려하는 인간의 관점이 아닌 생명의 순환이라는 숲의 관점에서 식물을 다시 볼 필요가 있었다.

내가 내린 결론은 도시에서 모든 식물은 그 자체로 연결자로서 기능하기 때문에 아주 작은 정원이라도 곳곳에 만들면 도시 환경을 이롭게 한다는 것이다. 그래서 시작한 일이 마을 곳곳에 골목정원과 띠정원을 만드는 일이었다. 골목정원은 말 그대로 골목의 일부를 정원으로 꾸미는 거다. 아스팔트나 시멘트로 뒤덮인 골목의 바닥 면을 사람이 통행하는 데 방해가 되지 않는 선에서 걷어냈다. 묵은 흙이 드러난 자연 지반에 다시 돌담을 쌓고 흙과 거름을 섞어 식물을 심었다. 골목은 주로 응달이라서 햇빛이 많이 필요하지 않고, 물을 자주 주지 않아도 되는 식물을 위주로 심었다. 답답하고 어둡던 골목 풍경에 초록색 빛이 생겨났다.

띠정원은 담장이나 옹벽 앞에 만들었는데 저전동은 이면

도로가 비교적 넓은 편이라 공간을 쉽게 확보할 수 있었다. 이름 그대로 20~30센티미터 정도 되는 폭과 60~80센티미터 되는 높이를 가진 상자가 기다란 띠처럼 담장에 둘러진 형태다. 생소한 정원을 주민들에게 소개하기 위해 제일 먼저 도시재생 저전현장센터 사무실 앞에 선보였다. 띠정원에 심어진 보랏빛 버들마편초와 하얗고 조그만 둥굴레꽃 덕분에 출근 때마다 눈이 호강했다.

계절마다 띠정원에서 다양한 빛깔의 나비도 만났다. 세어보니 일곱 종류나 본 것 같다. 흰나비, 호랑나비, 노랑나비…, 이름을 다 알 수는 없었지만 한 뼘 폭에 불과한 아주 작은 정원에서도 이렇게 다양한 나비들을 만날 수 있다니 감격스러웠다. 관심을 가지고 보니 나비나 벌 이외에도 신기하게 생긴 여러 곤충을 많이 만났다.

나비들 사이로 종종 사람도 보았다. 지나가는 마을 사람부터 순천에 처음 놀러온 듯한 젊은 친구들까지, 조금은 생소한 모습의 띠정원을 유심히 들여다보고 사진을 찍기도 했다.

정원은 식물과 식물, 식물과 곤충을 연결할 뿐만 아니라 사람들까지 이어주었다. 나비 효과라는 말처럼 띠정원의 일곱 빛깔 나비의 날개짓이 내 눈이 닿지 않는 어느 숲과 사람들에게도 영향을 미칠 수 있다는 생각이 들었다.

저전동에서 여러 빛깔의 나비들을 만난 것처럼 여러 빛깔의 사람들을 만날 수 있다면 얼마나 좋을까. 다양한 꽃과 동물과 사람이 어우러져 사는 마을이 내가 꿈꾸는 저전동 정원마을의 진짜 모습이다.

정원마을에도 청원이 필요하다

마을의 전이 공간 역할을 하는 건강정원

건축에서는 '전이 공간'이라는 단어를 많이 쓴다. 사람의 동선에 따라 공간이 급격하게 바뀌는 경우가 있다. 이때 새로운 공간에 적응할 수 있도록 하는 완충 지대를 바로 전이 공간이라고 한다. 호텔 로비를 떠올리면 쉽게 이해할 수 있다. 대부분의 호텔 로비는 천장이 높은데 그 이유는 호텔 투숙객들이 천장이 없는 야외에 있다가 갑자기 천장이 낮은 객실로 들어가면 답답함을 느끼기 때문이다. 그래서 완전히 다른 공간을 이동하는 사람에게 적응할 시간을 주기 위해서 전이 공간인 로비를 배치한다.

영화관의 티켓박스도 전이 공간이다. 어두운 곳에서 갑자기 밝은 곳으로 바로 나가면 눈이 부신 경험이 있을 것이다. 어두운 상영관과 밝은 외부 공간 사이에 위치한 티켓박스는 중간 정도의 밝기를 통해 우리 눈이 적응할 수 있게 도와준다. 국가정원은 더 큰 규모의 전이 공간이다. 지금은 순천만

습지와 순천만국가정원의 입구가 각각 다르지만 처음에는 국가정원을 거쳐 습지로 이동하는 동선을 계획했다고 한다. 도시와 자연 사이에서 도시의 팽창을 막는 역할과 함께 관람객이 순천만을 오가며 자연과 인공적 구조물 사이에서 적응할 수 있도록 설계했던 것이다.

마을에도 전이 공간이 필요하다. 단순히 이웃집에 사는 것만으로 관계가 돈독해지는 시절이 아니기 때문이다. 낯선 개인과 개인이 만날 준비를 할 수 있도록 만들어주는 공간, 부담 없이 드나들며 서서히 마음을 열 수 있는 공간을 고민하다가 '함께 식사할 수 있는 정원'을 떠올렸다.

채소들이 자라면 자연스럽게 나눠 먹지 않을까 싶어 공동으로 관리할 수 있는 남새밭을 조성하고, 열매가 열리는 나무가 있으면 색다른 요리를 할 수 있겠다 싶어서 과실나무도 심었다. 함께 음식을 만들고 먹는 과정에서 서로의 소식을 나누다 보면 마을 사람들의 마음속에도 마을이 자라지 않을까? 이런 고민 끝에 숲먹거리정원을 마련했다.

닥나무정원 다음으로 넓은 부지에 만들어진 숲먹거리정원에는 앵두나무, 매실나무, 보리수나무처럼 열매가 열리는 나무와 요리에 넣을 수 있는 허브, 채소 등을 심을 수 있는 동그란 텃밭 그리고 4미터가 넘는 커다란 나무 식탁을 배치했다. 숲먹거리정원과 붙어 있는 청년 셰어하우스는 담장을 허물고 대신 담장 크기만 한 미닫이문을 달았다. 주민들이 불을 사용하는 요리를 해야 할 때 청년 셰어하우스 주방을 사용할 수 있도록 기획한 것이다. 그래서 청년 셰어하우스의 부엌을 미닫이문과 가장 가깝게 배치했다. 마을에 정착하려는 청년들이 있을 때 숲먹거리정원이라는 전이 공간을 통해서 주민들과 소통할 수 있기를 바라는 마음을 담았다.

건강정원도 전이 공간의 역할을 톡톡히 한다. 밥을 함께 먹는 것이 여로울* 때는 건강정원으로 가면 된다. 한쪽에는 벤치가 다른 쪽에는 체육 시설이 설치된 정원이다. 주민들이 앉아서 쉬거나 운동을 하면서 자연스럽게 인사를 나누기에 좋다. 건강정원은 도시재생 사무실 바로 옆에 있어서 늦게까지 야근하는 날에는 건강을 잘 챙기라는 어르신들의 당부를 받곤 했다.

마을 곳곳에 위치한 개인정원들, 즉 이웃사촌정원 역시 일종의 전이 공간이다. 공유지정원들이 다수가 모이는 곳이라면 이웃사촌정원들은 주로 일대일 관계가 형성되는 전이 공간이다. 각 개인의 가장 사적인 공간인 집, 그 담장 안에 자리한 정원은 대문을 지나 현관으로 진입하기 전 정원 주인의 성향을 살짝 보여주고 처음 집에 들어선 이에게 편안함도 준다.

* 부끄럽다는 뜻의 전라도 방언.

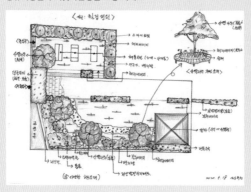

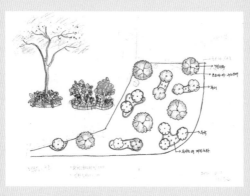

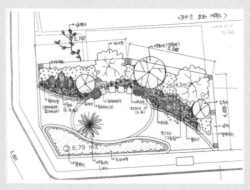

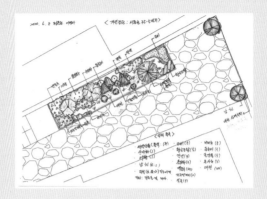

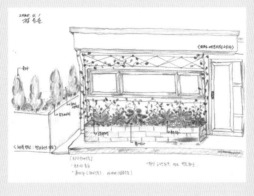

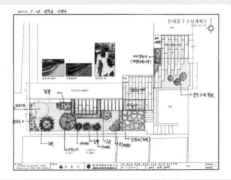

저전동에 사는 백종남 님은 석곡*을 좋아한다. 대문을 열고 마당에 있는 테이블에 앉아 "저 돌은 뭔가요?" 하고 질문하면 석곡에 대한 애정 어린 설명이 시작된다. 난에 어떤 매력이 있는지, 난을 왜 좋아하는지 들려주실 때면 아이처럼 눈을 반짝이신다.

보랏빛향기정원을 가꾸는 박미경 님은 향기가 나는 허브를 좋아하신다. 정원에 심어진 수많은 허브를 보면 바로 알수 있다. 꽃과 꽃의 향을 사랑하는 분으로 꽃을 통한 원예치료에도 관심이 많다. 이곳에서 마을 사람들을 대상으로 하는 원예치료 프로그램을 운영하고 난 뒤 마을 분들이 보랏빛향기정원을 더욱 친근하게 여기게 됐다.

앤퀼트 카페 사장님은 저전동에 이사한 지 4~5년 된 비교적 신입(?) 주민이다. 난생처음 마당 있는 집에서 살며 식물을 길러본다고 하셨다. 화분에 있는 식물도 다 죽이는 편이라 정원 가꾸는 걸 주저하셨지만, 마당의 살구나무에 아무것도 하지 않아 의도치 않게 무농약, 무투입으로 유기농 살구를 얻은 뒤 점점 식물에 관심을 갖게 되었다. 우연히 얻은 살구로 음료를 만들어 카페에서 판매까지 했다. 카페에 앉아 살구 에이드를 마시며 이야기를 듣다보면 사장님과 한결 가까워진

* 돌에 접붙인 난.

기분이 든다.

보랏빛향기정원과 앤퀼트카페정원은 도로 하나를 두고 마주보는 이웃이다. 꽃을 매개로 대화를 주고받다가 카페 사장님이 미경 님의 화원에서 꽃 정기 구독을 받기도 했다. 동네에서 이뤄진 꽃 정기 구독은 정해진 날에 정해진 양의 꽃을 배달하는 방식이 아니라, 카페에 장식한 꽃이 지는 때에 맞춰 사장님의 취향이 반영된 꽃이 배달되는 방식이다. 물론 포장 쓰레기도 발생하지 않는다.

장독대정원을 보면 정원주가 장독대에 관심이 많구나, 디딤돌정원을 보면 정원주가 디딤돌을 좋아하는구나 바로 알 수 있다. 사람과 사람이 처음 관계 맺을 때 필요한 '관심사'를 별다른 노력 없이 직관적으로 알고 대화할 수 있는 것이다.

이렇듯 정원주의 성향을 담은 정원을 만들기 위해서는 정원주를 존중하는 방식의 디자인 과정이 필요하다. 저전동 정원마을 사업에서는 이 과정을 정착시키기 위해 무던히 애를 썼다. 정원 전문 연구소와 실시 설계를 담당하는 설계 사무소, 마을정원 서포터즈가 매주 월요일마다 꾸준히 논의 과정을 거쳤다.

발주-시공-준공으로 마무리되는 기존의 정원 조성 방식보다 지난한 과정을 거쳐야 했지만 주민들의 만족도가 높았다. 기존의 방식대로 만들면 3년 안에 정원이 망가지고 결국 다시 정원을 만드는 사례가 많았다. 하지만 조성 과정에서 주민들 스스로 만족도가 높으니 별다른 점검 없이도 꾸준히 관리되는 정원을 얻을 수 있었다.

지속가능한 정원이 되지 않으면 자원과 시간을 계속 투입할 수밖에 없고, 자칫하면 처치 곤란한 사업이 될 수밖에 없다. 우리가 선택한 쉽지 않은 방식이 당장은 더디게 느껴지더라도 결과적으로는 빠르고 오래가는 길이라고 생각했다. 이렇게 마을 사람들의 삶에 정원이 물들 수 있도록 노력 중이다.

식물 도둑을 모십니다

실종된 식물을 찾습니다

현장 위치 : 남승룡 메모리얼 정원

실종 식물
무늬 호스타
산수국,
메리골드

함께 마을정원 풀꽃들의 자리를 지켜주세요

저전골 마을정원에서 실종된 식물을 애타게 찾고 있습니다

저전골정원사

'식물을 찾습니다' 포스터

"정들자 이별이여~." 동네에서 나에게 잔소리를 가장 많이 하시는 어무니가 대문 앞에서 울상을 지으며 소리치셨다. '잡히면 최소 30분인데…'라는 생각이 들었지만 잔소리하실 때마다 함께 건네주시는 간식이 달콤해서 쪼르르 달려갈 수밖에 없었다. "무슨 일이신데요?" 하고 묻자 쭈그려 앉은 채로 한곳을 가리켰다. 어무니가 가리킨 곳에는 아무것도 없었다. 아뿔싸, 원래 그 자리에 있어야 할 블루세이지가 사라졌다.

"에고 누가 훔쳐갔나봐요!" 내 말에 어르신은 고개를 푹 숙이셨다. 그 연세에도 이별은 적응이 되지 않으신지 "내가 매일 같이 바라보며 물도 주고 정이 많이 들었는데…." 말씀하시는 어무니의 입꼬리가 땅에 닿을 것만 같았다.

어무니 댁 대문 옆 담벼락에 조성된 띠정원은 동네에 이색적인 풍경을 만들어내는 중이었다. 이름과 달리 푸른빛이 도는 보라색 꽃을 가진 블루세이지 무리와 그 사이사이에서 얼굴을 비추는 화이트세이지의 흰 꽃이 어우러졌던 정원이었다. 오래된 것들로 가득한 공간에서 낯선 색채는 쉽게 눈에 띈다.

유럽에는 "정원에 세이지가 있는 사람이 왜 죽는 거람?"이라는 세이지 관련 속담이 있을 정도로 유명한 식물이다. 만병통치약으로 여기는 허브인 만큼 학명인 샐비어salvia 또한 건강하다, 치료하다, 구조하다 등의 뜻에서 유래되었다. 띠정원에 핀 세이지를 보면서 어무니가 건강하셔야 정원도 잔소리도 간식도 지속될 거라고, 조만간 세이지 차를 나눠 마셔야지 생각했던 게 떠올라 나도 울상이 되었다.

세이지는 약효에 걸맞게 꽃부터 잎사귀와 줄기까지 전초에서 강한 향이 났다. 그 향을 좋아하신 어무니는 지나가는 사람들에게 "이 향 좀 맡아봐~"라고 말을 건네는 게 새로운 일상이셨다. 세이지의 향이 누군지 모를 꽃 도둑을 사로잡았는지도 모르겠다. "장날에 아랫장 가서 꽃 사다 심어야겠어." 세이지의 빈자리가 안타까운 어무니가 체념하며 자리를 떴다.

얼마 뒤에는 메모리얼정원에 심어진 무늬 호스타가 사라졌다. 그리고 며칠 뒤 메리골드가, 또 얼마 뒤에는 산수국이 없어졌다. 거리의 식물들을 애정으로 돌보는 사람들의 마음속에 속상함이 점점 쌓여갔다. "아휴~ 난 진짜 같이 보면 좋은 것을 자기 혼자만 보겠다고 욕심내서 가져가는 사람들 너무 싫어!" 속상함이 누군지 모를 상대에 대한 미움으로 변하는 것은 순식간이었다. 신경이 곤두선 마을 주민들이 점점 낯선 사람을 경계하거나 서로를 미워하는 마음을 키울까 걱정스러웠다. 얼른 대책 회의를 했다.

주민들은 가장 먼저 CCTV를 떠올렸다. 사실 '도시재생 안심안전 골목길 조성 사업'으로 이미 동네 곳곳에는 CCTV가 제법 설치되었다. 21개소에 37대나 되는 CCTV가 200여 가구가 사는 좁은 면적에 들어섰다. 평소 어둡고 문제가 일어났던 위치를 주민들의 의견과 경찰의 범죄 예방 진단을 받아 설치했으니 사각지대가 거의 없다고 볼 수 있었다. 그런데도 사람들은 참 쉽게 식물을 훔쳐갔다. 단순히 '감시'만으로 식물 도둑이 사라지진 않을 듯 싶었다.

문제를 해결하기 위해 '왜 훔쳐갈까'라는 질문을 던졌다. 이유에 대한 답은 아주 가까운 곳에 있었다. 저전동 현장지원센터에서도 송엽국이 많이 없어졌는데, 어느 날은 꺾어가도 되냐고 문의하는 분이 있었다. 그분을 통해 힌트를 얻었다. 꽃을 원하는 이유를 물어보니 일반적인 송엽국은 자홍색 꽃이 피는데 센터에 심어진 송엽국은 주홍색 꽃이 피어서 흔하지 않은 거라 갖고 싶다고 했다. 우리가 처음에는 안 된다고 거절했더니, 그분은 송엽국이 다육식물이라 잎을 재료로 번

식시키는 잎꽂이가 가능하기 때문에 줄기를 조금만 꺾어달라고 했다. 세상에, 그러고 보니 식물 도둑들은 꽃을 그냥 훔쳐간 게 아니었다.

뿌리째 뽑아간다는 건 식물을 키우겠다는 의지의 표현이기도 했다. 송엽국의 꽃이 아니라 줄기를 꺾어가겠다는 분도 송엽국의 생장 과정에 대해 잘 아는 분이었다. 그렇다면 '훔치기 전에 미리 선물로 드리면 어떨까?' 하는 생각이 들었다. 주민들을 대상으로 화분 나눔 사업을 진행했다. 식물을 훔쳐서 빈 화분에 심지 마시고, 빈 화분이 안타까우면 센터로 들고 오시라고 홍보해 식물을 심어드렸다.

센터 문을 활짝 열어 앞쪽에 포대자루를 깔고 흙을 산처럼 쌓았다. 오래된 흙을 비워내고 새 흙과 함께 율마와 서향 중 하나를 선택해서 가져갈 수 있도록 했다. 율마는 사계절 모두 푸른색을 띠는 측백나무과 식물로 피톤치드가 많고 크리스마스트리처럼 장식도 할 수 있는 예쁜 모양의 식물이다. 서향은 꽃이 피면 향이 천리까지 간다 해서 천리향이라는 별명을 가진 작은 나무이자 저전동의 동목이기도 하다. 꽃 모양도 손톱보다 훨씬 작고 귀엽다. 관리법까지 꼼꼼하게 써서 같이 드렸더니 주민들의 만족도가 높았다. 오전 10시부터 나눔을 시작해 하루 종일 걸릴 거라고 예상했는데 선착순 200명이 1시간도 안 되서 순식간에 다녀갔다. 이렇게나 식물을 좋아하시는구나.

이후 화분 나눔을 다양한 형태로 진행했다. 도시재생살롱, 마을정원사 양성 과정, 에너지 주민학교 등 다양한 수업에 참여하신 분들을 대상으로 수료증 대신 화분을 나눠드렸다. 마을 축제 상품도 화분으로, 정원 가꾸기 자원 봉사에 참여하시는 분들에게도 화분을 선물했다. 상투적인 증정품을 받을 때보다 사람들의 반응도 좋았다.

개인적으로는 1년을 마무리하는 마지막 주민 모임에서 튤립 구근을 나눌 때가 가장 좋았다. "우리 겨울 동안 잠시 헤어졌다가 튤립이 피는 4월 초에 다시 만나요!" 이런 약속을 나누는 것이 '정원마을스럽다'는 생각이 들어서다. 다음해 봄이 되자 마을정원사 카카오톡 단톡방에는 각양각색의 튤립 사진이 올라왔다. 구근만 보고는 어떤 색과 모양의 튤립이 필지 알 수 없었는데, 꽃이 나오기 시작하니 두근두근하다는 반응이었다. 또 인증샷을 통해 서로의 꽃을 확인하는 재미도 쏠쏠했다.

사실 식물을 훔친다는 건 생각보다 손이 꽤 많이 가는 작업이다. 보통 식물은 훔치는 과정에서 손에 흙이 묻기도 하고, 때론 삽과 같은 도구도 필요하고, 흙이 떨어지지 않도록 봉투에 담아서 옮겨야 하고, 무거운 식물을 옮기려면 이동 수단도 필요하다. 사전에 챙겨야 할 것이 많다는 뜻이다. 게다가 이 모든 걸 아무도 모르게 진행해야 하는, 따지고 보면 은밀하고 치밀한 계획 범죄의 냄새가 나는 일이었다. 이토록 번거로운 일이 왜 이렇게 많이 발생할까? 금품 도둑이나 자동차 도둑은 명백하게 나쁜 사람으로 여겨지는데 식물 도둑은 뭔가 낭만적으로 느껴지는 걸까?

'책 도둑은 도둑도 아니다'라는 옛말이 떠올랐다. 과거에는 책을 훔치는 일이 책 자체를 훔치는 게 아니라 책 속에 든 지식을 탐하는 것으로 해석되었다. 책과 그 안에 든 지식은 사유재가 아닌 공공재로 여겨졌기에 더 그랬을지도 모른다.

식물을 훔치는 배경도 책과 비슷한 것 같다. 식물 자체를 훔치는 행위라기보다는 자연을 탐하는 것으로 해석되고, 마을정원 식물을 키우는 일이 공공재를 가꾸는 일로 여겨지는 분위기 속에서 식물 도둑 역시 많이 나타나는 것이 아닐까. 하지만 언제까지고 지켜볼 수만은 없는 일이었다.

우리가 공유지정원에서 가꾸는 식물은 정말 공공재였고, 어느 개인이 마음대로 독점하고 향유하는 것은 도시재생의 취지와도 맞지 않았다. 다만 도둑을 잡아서 그 사람을 동네방네 알리고 벌을 받게 하는 일은 피하고 싶었다. 센터 식구들이 모두 야속한 마음에 발을 동동거릴 때, "사라진 세이지에 발이 달렸나 보네" 하며 웃으시던 통장님의 넉넉한 모습이 근사해보였기 때문이다. 벌을 주기보다 사람들의 인식을 변화시켜서 거듭되는 도난을 방지하고 싶었다.

한참을 논의하던 중 동료 팀장님이 아이디어를 냈다. 식재된 식물은 주인이 없는 것이 아니라 '마을의 것'임을 알리는 포스터를 만들자는 의견이었다. 포스터 디자인은 가족이나 반려동물을 잃어버렸을 때 쓰는 실종 포스터의 형태를 빌렸다. 주인이 없다는 생각에 무람없이 가져간 그 식물이 사실은 누군가 애정을 담아 돌보던 생명이었음을 전달하고자 했다. '실종된 식물을 찾습니다'라는 문장을 대문짝만 하게 써서 마을 이곳저곳에 붙였다. 물론 발이 달린 세이지가 제자리에 돌아오는 기적은 일어나지 않았지만 누군가는 뜨끔하는 마음이 들었을 것이다.

이런 여러 노력들로 식물 도둑이 많이 줄었냐고 묻는다면, 그렇기도 하고 아니기도 하다고 답한다. 왜냐면 새로 만든 정원에는 도둑이 있지만 상대적으로 오래된 정원에는 도둑이 없어서 그렇다. 오래된 정원에는 자연스럽게 도둑이 사라진다. 알다시피 작은 풀이라도 한번 뿌리를 내리면 쉽게 뽑히지 않는다. 식물을 훔치던 사람들도 식물이 마을 땅에 자리 잡고 마을을 구성하는 풍경의 하나가 되면 가져갈 생각을 하지 않는 것 같다. 정원까지 마을의 풍경으로 인식하는 사람들은 식물을 훔쳐가지 않는다. 우리가 했던 활동들은 그 시간을 벌어준 것이라 생각한다.

낯선 것을 받아들이는 과정이 반복되면 받아들일 때 걸리는 시간도 단축된다. 반복된 경험으로 쌓인 숙련도를 '연륜'이라고 하는데 마을에도 연륜이 쌓이나보다. 그러고 보면 연륜은 원래 식물의 나이테를 지칭하는 말이다. 정원에 식재된 나무의 나이테가 쌓이는 시간만큼 마을에도 연륜이 쌓여서 그런지 시간이 갈수록 전체적으로 식물을 도난당하는 일이 확실히 줄었다. 3년 전에는 정원을 만들자마자 홀랑홀랑 없어졌는데, 요즘은 야금야금 없어진다. 시간이 지나고 마을의 나이테가 더 쌓이면 작은 화분도 안심하고 내놓을 수 있는 마을이 되지 않을까.

지속가능성 앞에서

세모정원 조성 모습

마을정원사 양성 과정 참가자들

많은 사람들이 지속가능성을 고민한다. 생태환경을 걱정하는 사람들은 말할 것도 없고, 경제적 이득을 내야 하는 회사는 물론 정부 조직이나 시민 단체에서도 자신들이 추진하는 정책이나 운동이 장시간 안정적으로 운영되기를 원한다. 그런데 지속가능성은 대체 어디서 오는 걸까. 돈일까, 정치일까, 뛰어난 능력일까, 팀워크일까? 이런저런 생각을 하다가 내가 내린 결론은 '재미'였다. 뭐든지 하는 사람이 재미있으면 어떻게든 방법을 찾게 되니 말이다.

다행히 식물을 키우는 재미는 오랜 농경 역사를 통해 우리의 디엔에이DNA에 내재한다고 생각했다. 다 사라진 것처럼 보이지만 도시화되면서 잃어버린 감각을 되찾는 연습부터 차근차근 시작하면 된다고 보았다. 저전동 마을 어른들의 경우에는 더욱 쉬웠다. 돌보는 생활, 그중에서도 식물을 가꾸는 감각이 생활 속에 각기 다른 형태로 조금씩 남아 있었다.

하지만 마을정원을 가꾸는 일은 단순하지 않다. 조경 사업으로 접근해서 각종 식물과 구조물을 설치하는 방식만으로는 일회성 행사에 그칠 뿐이고, 교육이나 문화 사업으로도 지속적인 변화를 이끌어내기가 어렵다. 그래서 우리는 '관계성'에 주목해 종합적이고 입체적으로 접근했다.

가장 먼저 저전동 주민들이 정원을 만날 수 있도록 도왔다. 아무리 누군가에게 좋은 것이라 들어도 직접 경험하지 않으면 진심으로 느낄 수 없다. 본래 시의 소유였던 땅이나 사유지를 매입하여 공유지정원을 만드는 데서부터 시작했다. 일단 마을에 초록색 정원이 들어서자 사람들이 많은 관심을 가졌다. 길을 걷다가 만난 정원이 주는 향긋함과 아름다움이 지친 마음을 잠시라도 다독여주었을 것이다.

그렇게 몸과 마음의 자정 작용을 느끼며 '예쁘다!', '나도 갖고 싶다!'라는 욕망이 피어날 무렵 마을정원사 양성 초급 과정을 진행했다. 정원은 어떤 의미를 가지는지, 어떻게 만들 수 있는지, 어떻게 돌보는지 공부했다. 다음으론 정원을 어떻게 사용할 수 있는지 알려드렸다. 정원에서 요가를 하고, 정원에 핀 꽃으로 꽃차를 만들거나 생활에서 쉽게 활용할 수 있는 리스 만드는 법을 나누었다. 허브를 이용해 요리하는 방법까지 터득하니 주민들 눈에도 무심히 보아 넘기던 꽃과 정원이 전과 다르게 다가오는 듯했다. 그때쯤 담장을 낮추고 마당에 정원을 들이는 개인정원 사업을 본격적으로 추진한 것이다.

개인의 정원을 충분히 가꾼 다음에는 마을정원에 대한 이야기를 할 차례였다. 마을 전체가 정원이라는 생각을 주민들과 공유하려면 정원을 매개로 사람들이 '연결'되는 게 핵심이었다. 우선 누구에게나 자기가 애써 가꾼 정원을 자랑하고 싶은 마음이 있기 마련이라 자신의 정원을 소개하는 시간을 진행했다. 또 자랑이 서로 연결될 수 있도록 마을 식물 지도를 만들어 각자의 정원에 어떤 식물이 있는지 알 수 있도록 했다. 자연스럽게 "우리 집에 허브 많은데 좀 나눠줄까?" 하는 이야기가 오갔다. 일주일에 한 번 꾸준히 만나는 마을정원사 양성 중급과정은 씨앗과 식물을 나누는 모임이 됐다.

사람들이 연결되면서 초급과정 때는 없던 카카오톡 단체방이 생겼다. 단톡방에서는 다양한 대화들이 오고 갔다. 식물 사진을 올려 공유하는 일부터 분갈이 방법이나 병충해 관리 방법까지 다양한 정보를 나눈다. 3년이 지난 지금은 사람들이 점점 늘어서 50명 정도가 들어와 있다. 처음에는 주로 정원과 식물 정보에 관한 얘기만 나오다가 수업 때 나눠준 모종이 집에서 얼마나 잘 컸는지 그래서 얼마나 기쁜지에 대한 감상, 마을 뒷산에 등산 갔다가 히어리나무를 만났다는 개인사로 확장되더니, 요즘은 소모임 홍보나 함께 알았으면 하는 다른 마을 소식까지 올라온다.

개인정원을 가꾸고 서로의 정원을 공유하던 그때 비로소 마을정원에 대한 논의를 꺼냈다. 처음부터 특정한 사람에게 공유지정원을 돌보자고 제안하거나 요구하는 것은 자칫 의무나 노동으로 남을 수 있다. 자신의 일이라기보다는 시청에서 해야 하는 일을 떠맡았다고 생각할 수도 있다. 그래서 모든 주민들이 마을정원을 내 것처럼 생각할 수 있도록 다 같이 정원을 만들어보기로 했다. 내가 만든 정원에는 한 번이라도 눈길이 더 가기 마련이니까.

마을 골목 귀퉁이 집과 도로 사이에 관리되지 않는 땅이 있었다. 얼기설기 철쭉이 마구 자라는 그곳은 몰래 쓰레기를 숨겨놓기에 딱 좋았다. 마을 분들도 그곳에 쓰레기가 많이 버려진다는 사실을 다 아셨지만 무단투기에 대한 해결 방법을 마련한 경험도 없으셨고, 임자 없는 땅에서 벌어지는 일이라 자신들의 책임이라고 느끼지 않았다. 그 결과 쓰레기는 계속 방치되거나 늘어날 뿐이었다. 우리는 이 문제도 정원으로 풀어보기로 했다.

정원사 양성 과정에 참여한 분들 중 자신의 집에 정원을 만들기 어려운 분들에게 정원을 설계하고 시공하는 일을 함께해보자고 제안드렸다. 수업을 진행하면서 실제 정원을 만드는 실습 과정을 추가한 셈이었다. 땅의 모양에 맞춰 정원을 디자인한 뒤 식재하고 싶은 식물의 종류를 같이 결정했다. 그 과정에서 퍼머컬처 디자이너의 도움을 받았다.

세모형 땅 가운데 나선형 식재 공간을 만들고, 세 방향에서 정원 안으로 들어올 수 있도록 길을 냈다. 이 정원과 바로 붙은 집에 사는 분이 벽에 식물이 타고 오르는 게 싫다고 하셔서, 조금 떨어진 곳에 태양광 유채꽃을 심었다. 어두운 밤에 넘어지지 마시라 배려한 것이다.

정원 중앙에 자리한 삼색버드나무 관리가 어렵지 않도록 땅속에 토기를 묻기도 했다. 비가 내리거나 사람들이 토기에 물을 채워두면 물이 천천히 흙으로 스며나가 버드나무 뿌리가 그 물을 마실 수 있도록 한 것이다. 이렇게 하면 비교적 건조한 날씨에도 애써 관리할 필요가 없다. 돌을 고르고 흙과 벽돌을 나르고, 황토 모르타르로 벽돌을 붙여 모양을 잡았다. 더위가 마지막 기승을 부리던 때는 삽질하는 게 여간 힘들지 않았지만, 통장님이 만들어주신 수박화채 덕분에 힘을 낼 수 있었다. 생각보다 시간이 한참 걸렸지만 많은 분들이 끝까지 함께해주셨다.

이렇게 세모정원을 만들면서 함께하는 작업에 탄력이 붙었다. 마을의 여러 정원과 경관을 돌보는 일을 수업 내용으로 활용하고, 매주 월요일마다 자원봉사 형식으로 함께했다. 정원 자원봉사는 마을정원에 물을 주거나, 가지치기를 하거나,

죽은 식물을 갈아주는 등 다양한 활동이 요구되었지만, 자기 손으로 정원을 새로 만들고 가꾸는 사람들에게 이 정도는 문제가 아니었다.

어느 날 단톡방에 세모정원에 벌레가 생겼다는 제보가 올라왔다. 한 분이 집에 가는 길에 산책 삼아 정원을 둘러보시다 발견하고 올린 것이었다. 어떤 분이 먼저 벌레를 잡고 방제를 위해 천연 농약을 만들어서 뿌리면 좋겠다는 답변을 올렸다. 세모정원 가까이 살던 분도 단톡방 제보를 보고 나와보셨다. 그렇게 삼삼오오 모여 함께 벌레를 잡고, 그다음 주에 천연 농약을 만들어 마을정원 곳곳에 뿌리는 자원봉사를 진행했다.

개인정원에 대한 경험과 마을정원을 함께 돌보는 경험이 점점 쌓이면서 이번에는 마을 분들과 '서로서로 정원비법학교'를 진행했다. 각자 잘하는 게 달라 프로그램을 금방 짤 수 있었다. 식물 가지치기를 특히 잘하시는 분은 가지치기 선생님이 되고, 선인장을 대문보다 크게 키운 분은 자신의 비법을 소개하고, 토종씨앗 전문가인 마을 분을 모셔서 그 중요성에 대해 듣기도 했다.

그렇게 정원을 중심으로 서로가 배우고 가르치는 존재가 된 주민들은 이제 정원으로 돈까지 벌어보려고 한다. 퀼트를 10년 넘게 하셨던 분은 정원 도구와 수확물을 담을 수 있는 정원용 가방과 정원을 주제로 한 퀼트 체험 키트를, 교육의 중심지였던 마을에서 교복을 제작하셨던 분은 정원 앞치마를 만들었다. 요리에 관심 있는 분은 정원에서 나오는 먹을거리를 이용한 정원 요리 교실을 진행하고, 마당에서 허브를 기르는 분은 허브 차나 식용 꽃을, 예쁜 꽃을 키우시는 분들은 압화, 프리저브드 플라워preserved flower, 화장품, 비누, 천연 수세미 등을 제작하는 실험을 진행 중이다.

마을 주민들이 공동으로 준비하고 있는 것은 정원 투어와 정원 숙박이다. 본격적인 사업을 펼치기 위해 마을조합을 만들었다. 정원 투어는 마을에 있는 다양한 개인정원과 공유지 정원을 마을정원 해설사와 함께 돌아보는 프로그램 상품이다. 시범으로 몇 번 운영해봤는데, 많은 분들이 마을정원에 직접 참여한 주민들의 생생한 이야기를 듣고서 감동하고 가셨다.

통장님이 투어를 진행할 때면 "우리 마을 사람들은 병원을 안 갑니다. 마을이 정원이라 산책하다 보면 아팠던 머리도 맑아지거든요." 하는 이야기를 빼먹지 않으신다. 이 말은 반은 맞고 반은 틀리다. 사실 통장님의 건강 비법은 옥상정원에서 기르는 생강이다. 매년 겨울 생강청을 담아 1년 치 감기약을 만드시는 걸 내가 봤는데, 그 말은 쏙 빼셨다. 정원 학교에서 다 같이 생강을 기르는 수업도 하고, 공유 부엌에서 생강청

담그는 수업도 하면서 다음 투어 때 팔아야겠다.

정원 숙박은 도시재생 사업으로 리모델링한 세 곳의 마을 호텔*을 정원 특화 숙박업소로 만드는 것이다. 마을호텔 근처 주민들이 호스트가 되어 청소와 손님 맞이를 하고, 마을에서 생산한 제품과 쓰레기가 나오지 않는 제로 웨이스트zero waste 어메니티amenity를 제공하려 한다. 또 숙박비 일부를 마을화폐로 숙박객에게 되돌려주어 조합 가맹점에서 쓰거나 마을정원 체험 프로그램 참가비로 사용할 수 있게 할 계획이다. 혹시 공동의 수익이 나면 다시 정원을 가꾸는 데 사용하거나 마을의 어린이, 독거노인 등 취약 계층을 위해 환원하는 궁리도 했다.

주민들의 관심사는 지자체에 영향을 끼치기도 한다. 최근에 주민자치가 확산되면서 매년 주민자치회를 중심으로 마을 총회를 진행하는데, 지난 저전동 마을 총회에서는 주민들이 직접 결정하고 사용할 수 있는 주민 참여 예산을 정원 관리에 쓰기로 결정했다. 정원에 대한 주민들의 관심이 높아지면서 총회에 참여한 많은 사람들이 우리 마을에 가장 중요한 사업이 '정원을 가꾸는 일'이라고 입을 모아주신 덕분이다.

---

* 마을호텔은 우리가 흔히 보는 수직 건물이 아닌 수평형 공간이다. 객실이 마을 곳곳에 흩어져 있는 방식의 호텔을 만들고자 한다.

씨앗이 열매를 맺고 새로운 씨앗을 맺는 것처럼 식물을 키우는 재미가 이웃과 관계 맺는 재미로, 다시 공동으로 마을정원을 만들거나 정원 상품을 개발하는 것으로 맺히기도 했다. 켜켜이 쌓여온 시간이 토양을 만들었으니 씨앗이 나고 자라는 시간만큼 저전동 정원마을은 천천히 순환할 것 같다.

"10년 뒤에 내 아이를 남초등학교에 보내려고요."

왜 이렇게 열심히 일하냐는 주민들의 질문에 농담처럼 하는 답변이지만 반은 진심이다. 뿌리내리고 산다는 것은 두 가지 방법 중 하나를 선택해야 하는 일이다. 나에게 맞는 곳을 찾거나, 내가 있는 곳을 멋지게 만들거나. 그동안 순천에서 자연에서 사람들에게서 배운 것들로 내가 사는 저전동을 더 나은 마을로 만들기 위해 오늘도 골목을 걷는다.

나오며

정원에 삽니다

◉

저전동 정원마을에 살 집을 얻었다. 마을 분들이 교수님 댁이라고 부르던 집이다. 퇴직하신 지 한참 지난 멋진 백발의 교수님은 늘 해질 무렵 동네 한 바퀴를 도셨다. 귀가 잘 안 들리시는지 눈앞에서 커다랗게 손을 흔들어야 간신히 아는 척을 해주셨지만 종종 반갑게 인사를 드리곤 했다.

여느 때처럼 길에서 인사를 드렸던 어느 날, 교수님께서 마당에 꽃이 폈다며 보러 오라고 하셨다. 교수님 댁은 도로에 접한 외벽과 높은 대문에 가려져 안이 보이지 않았다. 마당이 늘 궁금하던 차에 오늘 운이 좋구나 생각했다.

대문을 열고 작은 회랑을 지나면 마당이 나왔다. 어두운 터널을 통과해 밝고 아름다운 마당을 마주하니 차원의 문을 지나 마치 마법의 정원에 온 것 같았다. 마당은 상상 이상으로 넓고 예뻤다.

철쭉이 흐드러지고 장미 덩굴이 무성한 가운데 동백나무,

단풍나무, 소나무가 사이좋게 자라고 있었다. 한쪽에는 조그마한 유리 온실까지 있었다. 호기심 가득한 눈을 하고서 "이건 뭐예요? 저건 뭐예요?" 하고 물어보는 나의 질문에 교수님은 간단하게만 답해주셨다. 하지만 짧은 대화에서도 지난 세월과 자식들에 대한 진한 사랑이 느껴졌다. 먼저 떠나신 사모님이 정원을 무척 좋아하셨고, 한동안 이 집에서 동네 아이들에게 피아노를 가르치셨다는 이야기도 들을 수 있었다. 누군가가 소중히 가꾼 공간 속에 초대받아 기쁘고 또 돌아올 수 없는 시간들이 아련했다.

얼마 뒤 교수님은 건강이 나빠져 아드님 댁으로 이사를 하셨고 사시던 집은 부동산 매물로 나왔다. 자주 안부를 챙기지 못한 일이 아쉽고, 예쁜 마당이 사라질 수도 있다고 생각하니 못내 서운했다. 그러다 문득 '내가 그 집을 얻어 볼까?' 하는 생각이 들었다. 아직도 학자금 대출을 갚아나가는 가난한 청년이 욕심을 낼 수 있는 집은 아니었지만 머릿속에서 그날 본 정원 풍경이 사라지지 않았다. 결국 고민 끝에 용기를 내어 아드님에게 연락을 드렸다.

"월세는 안 될까요? 정원과 집을 잘 가꾸어서 많은 사람들에게 이곳을 소개하고 싶어요. 그리고 나중에 돈을 많이 벌어 집을 살 수 있도록 노력하겠습니다."

터무니없는 부탁이었지만 가족 분들은 여러 불편을 감수

하고 나에게 마음을 내주셨다. 보증금도 겨우 마련하는 사람을 응원하며 기다려주시기도 했다. 이런 사연으로 살게 된 집과 정원이니 더 소중할 수밖에 없다.

결국 진짜 저전동에 살게 됐다. 도시재생 사업이 막바지에 달하면서 정신없이 바쁜 와중에 도배장판을 새로 하고, 전선 등을 손보느라 애도 많이 썼다. 아드님의 도움을 받아, 높고 촘촘하던 대문을 낮고 내부가 보이는 것으로 바꿔 달았다. 이제는 밖에서도 마당 일부가 빼꼼히 보인다.

겨울에 이사 와서 봄에 철쭉 핀 모습을 보니 너무 좋았다. 마음 복잡한 일이 생길 때면 마당에 나와 햇볕을 쬐며 가만히 시간을 보낸다. 붉은색, 분홍색, 흰색, 두 가지가 한 송이에 섞인 색까지 다채로운 철쭉들이 흐드러지게 피었다. 그렇게 '불멍' 말고 '철쭉멍'을 즐기며 봄의 정원을 맞이했다.

아침이면 새소리가 반갑다. 정말 숲속에서 자고 일어난 느낌이 든다. 그러다 하루는 일어나서 핸드폰을 켰더니, 사진 어플에서 과거의 오늘이라며 교수님과 찍었던 셀카를 보여주었다. 새삼 감사하고 마음이 뭉클했다.

마을에는 순식간에 내가 이사했다는 사실이 알려졌다. 출근길에 마주하는 할머니들이 겨울 동안 관리받지 못해 죽은 교수님 댁 띠정원 식물들을 가리키며 "왜 죽여놨어! 좋게 해놔!"라며 잔소리하셨다. 그럴 때마다 뜨끔해서 "네, 좋게 해

놓고 초대할게요. 구경 오세요" 하고 답했다. 그럼 정 많은 할머니는 "말은! 중이 제 머리 못 깎는다고, 자기 집이 젤 어렵제? 찬찬히 해." 이렇게 달래고 가신다.

마을에 산 지 얼마 되지도 않았는데 디딤돌정원 주인 분은 범부채 꽃을 가져가 심으라 하시고, 마을정원사 단톡방에서는 토종씨앗을 나눔해주셨다. 보랏빛향기정원 선생님이 어버이날 꽃바구니를 주셔서 덕분에 효녀 노릇도 할 수 있었다.

최근 나는 사업단 일을 마무리하고 다시 자유로운 문화기획자의 삶으로 돌아왔다. 마을 사업을 이끌어야 하는 사무국장은 아니지만, 이제는 저전동 정원마을이 좋아 주민의 한 사람으로서 마을 일에 참여하는 중이다.

어른이 된 나는 어린 시절 꿈처럼 꽃을 잘 키우는 요정이 되진 못했다. 대신 꽃의 요정 메리벨 같은 마을 사람들을 많이 만났다. 정원을 통해 마을에 길이 생기고 삶의 모양이 다양해지고 사람들이 기뻐하는 모습도 보았다. 오래된 마을에 일어난 마법들이다. 씨앗을 심고 정성을 다해 가꾸는 사람들이 손과 마음을 모은다면, 당신이 사는 어딘가에도 마법의 정원이 생겨날 거라 말해주고 싶다.

서울에서 순천으로 이주한 지 3년, 어느새 이곳에서 세 번째 여름을 만납니다. 지역으로 이주해 책을 만드는 일은 생각보다 더 녹록지 않았습니다. 하지만 지역의 자연이 선사하는 선물 같은 순간들은 언제나 큰 힘이 되었고, 새롭게 접하는 흥미로운 지역 이야기들이 시야를 넓혀주었습니다.

순천 공동체 텃밭에서 호미질을 하고 숲에 펼쳐진 시장에서 간식을 사먹다 이 일들을 기획한 성해 씨를 만났습니다. 대다수 또래 친구들이 꿈을 찾아 서울로 향할 때 오히려 지역으로 돌아와 순천 곳곳에서 재미난 일을 벌이는 멋진 청년이었죠. 그가 3년 동안 마을 사람들과 정원마을을 일군 마법 같은 이야기를 듣고서 단번에 책으로 만들어야겠다 결심했습니다.

순천에는 나를 위한 정원을 넘어 우리 모두를 위한 크고 작은 정원을 곳곳에서 만날 수 있습니다. 삶을 변화시키는 아름다운 정원들이 우리 둘레 곳곳에 피어나길 바라는 마음을 담아 이 책을 전합니다.

조금 다른 이야기를 해보려고 합니다. 처음 듣는 지명, 낯선 사람, 생소한 사물 들이 등장해도 놀라지 마세요. 몰랐던 사실을 알게 되고, 이미 알던 것도 새롭게 보일 테니까요. 어쩌면 평소 접하지 못하고 또 그냥 지나치기 쉬운 사연들 속에 지금 내가 살아가는 생생한 모습이 담겨 있을지도 모릅니다.

찬찬히 보면 우리 둘레에는 함께 나눌 만한 매력적인 것들이 참 많습니다. 서울이나 수도권, 대도시가 아닌 곳에도 자신의 생활과 일을 아름답게 가꾸는 사람들이 있습니다. 세상에 많이 알려지지 않았지만 시간의 풍화를 견디고 새로운 파도를 타고 온 지역의 삶을 여행처럼 만나보시길 바랍니다.

강원도 고성의 온다프레스, 충북 옥천의 포도밭출판사, 대전의 이유출판, 전남 순천의 열매하나, 경남 통영의 남해의봄날. 다섯 출판사에서 모은 반짝이는 기록들을 소개합니다. 각지역의 다채로운 이야기가 진솔하고 한결같은 형태로 모인것은 안삼열 디자이너의 손길 덕분입니다. 앞으로 이어질 '어딘가에는' 책들도 많이 기대해주세요.

어딘가에는 마법의 정원이 있다

초판 1쇄 발행 2022년 7월 7일

글쓴이   장성해
펴낸이   천소희
편집   박수희
제작   영신사
종이   월드페이퍼(주)

펴낸곳   열매하나
등록   2017년 6월 1일 제2019-000011호
주소   전라남도 순천시 원가곡길75
전화   02.6376.2846
팩스   02.6499.2884
이메일   yeolmaehana@naver.com
인스타그램 @yeolmaehana

ISBN 979-11-90222-25-9 03810

본문 이미지 제공
책방 심다(김주은, 홍승용) : 14, 56, 88, 95, 102, 111, 114(위), 122, 132쪽
순천시 : 26, 32~33, 44, 48, 49, 66, 80, 106, 114(아래), 127, 142, 152쪽
정옥순 : 136~137쪽

 삶을 틔우는 마음 속 환한 열매하나